KEY·可以文化

The Triumph of the **Egg** and Other Stories

Sherwood Anderson

鸡蛋的胜利 和 其他故事

［美］舍伍德·安德森 著　　李琬 译

浙江文艺出版社
Zhejiang Literature & Art Publishing House

图书在版编目（CIP）数据

鸡蛋的胜利和其他故事/（美）舍伍德·安德森著；
李琬译.—杭州：浙江文艺出版社，2024.3
ISBN 978-7-5339-7452-7

Ⅰ.①鸡…　Ⅱ.①舍…②李…　Ⅲ.①短篇小说-小
说集-美国-现代　Ⅳ.①I712.45

中国国家版本馆 CIP 数据核字（2024）第 013413 号

策划统筹	曹元勇	
责任编辑	顾楚怡	
营销编辑	耿德加	胡凤凡
责任印制	吴春娟	
装帧设计	朱云雁	
数字编辑	姜梦冉	诸婧琦

鸡蛋的胜利和其他故事

[美] 舍伍德·安德森 著

李　琬 译

出版发行　浙江文艺出版社
地　　址　杭州市体育场路 347 号
邮　　编　310006
电　　话　0571－85176953（总编办）
　　　　　0571－85152727（市场部）
印　　刷　上海盛通时代印刷有限公司
开　　本　889 毫米×1194 毫米　1/32
字　　数　130 千字
印　　张　7.875
插　　页　4
版　　次　2024 年 3 月第 1 版
印　　次　2024 年 3 月第 1 次印刷
书　　号　ISBN 978-7-5339-7452-7
定　　价　59.00 元（精装）

在田野上
种子飘浮于空中。
小城镇里
黑烟的遮布笼罩。
从我心间
理解的力量醒来。

——《美国中部的颂歌》

献给

罗伯特和约翰·安德森①

————————

① 罗伯特·莱恩·安德森(Robert Lane Anderson, 1907—1951)和约翰·舍伍德·安德森(John Sherwood Anderson, 1908—1995),舍伍德·安德森的两个儿子。

故事，是我头脑的屋宅前面，坐在门阶上的人们。
外面很冷，他们还在等待。
我望向窗外。

故事的手凉冰冰的，
他们的手冻僵了。

一个矮个子、结实的故事站了起来，摇晃着他的双臂。
他鼻子红红的，还有两颗金牙。

一个老妇人的故事坐着，披着斗篷弓着背。

很多故事在门阶上坐了一会儿就走了。
室外太冷。
我头脑的屋门前，整个街道都挤满了故事。
他们呢喃，叫喊，快要在饥寒中死去。

我是个无力的人——我的手在抖颤。
我应该像裁缝那样，坐在工作台前。
我应该用思想的线纺出温暖的衣料。
这些故事也该穿上温暖的衣衫。
在我头脑的屋子的门阶上，他们渐渐冻僵。

我是个无力的人——我的手在抖颤。
我在黑暗中摸索，但找不到门把。
我望向窗外。
许多故事在死去，在我头脑屋宅外面的街道上。

目 录

哑 巴

有个故事——我没法讲述——我不能说话。我快把它忘了,但有时又记了起来。

故事有关街上一幢屋子里的三个男人。如果我能说话,我会把它唱出来。我会在那些女人、母亲的耳朵边上悄悄说给她们听。我会在大街上飞跑,一遍遍把它大声宣扬。我的舌头会脱落——它和牙齿碰得咔嗒直响。

三个男人都在这屋子的一个房间里。其中一个很年轻,是个花花公子。

他总是笑个不停。

另一个人有长长的白胡须。他满腹怀疑,但有时,疑惑离他而去,他便暂时安睡。

第三个人目光狡狯,不安地搓着手,在屋子里踱来踱去。三个人都在等待——等待。

在楼上，有个女人背靠墙，站在窗边半明半暗的阴影里。

这就是我故事的根基，我所知道的一切都凝缩其中。

我记得还有第四个男人来访这屋子，一个苍白、沉默的人。一切都静得像深夜的大海。这人来到那三个男人所在的房间，但他的脚步阒然无声。

那个目光狡狯的人仿佛变成一团沸腾的液体——他像笼中困兽那样来回奔走。他紧张的情绪也感染了那个头发花白的老人——他止不住地捋胡子。

这第四个到来的苍白男人，上楼去找那女人。

她就在那里等待——等待。

这屋子是多么安静——四邻的钟表发出巨大的嘀嗒声。楼上的女人渴求着爱。没错，正是这样。她用全部身心渴求爱的到来。她想要在爱中创造。当那个苍白、沉默的男人出现在她面前，她就扑了过去。她双唇轻启，流露笑意。

苍白的男人不发一言。他的目光里没有责备，也没有疑惑。他的双眼像星辰一般毫不动情。

楼下那个狡狯之人像条饥肠辘辘的小丧家狗，呜咽着，来回奔窜。白胡子老人本来试着跟上他，但眼下已经十分疲倦，躺在地上睡着了。他再也没有醒来。

花花公子也躺下了。他笑着，抚弄着他唇上黑色的小胡子。

我无法说出我的故事里发生了什么。我无法讲述。

那个苍白沉默的男人，也许是死神。

那个热切等待的女人，也许是生命。

有灰白胡须的老人和那个狡狯的人都令我迷惑。我苦思冥想也没能理解他们身上的事。不过大多数时候我都不会想起他们。我一直在思索的，是在故事里一直笑着的花花公子。

如果我能理解他，我便能理解万事万物。我能讲述美妙的故事，走遍全世界。我不会再哑。

为什么我说不出话？为什么我是个哑巴？

我想讲个美妙的故事，但不知如何开始。

我想知道为什么

我们凌晨四点就起来了，那是在东部的第一天。前一天晚上，在临近小镇的地方，我们从一列货车上爬下来，凭借肯塔基少年的本能，找到了穿过小镇的路，也找到了赛场和马厩的位置。我们很快就知道安全了。汉利·特纳立马找到了一个我们认识的黑人。那是比尔达德·约翰逊，冬天他在我们老家贝克斯维尔为埃德·贝克尔的马厩干活。像我们那儿差不多所有黑人一样，比尔达德是个好厨子，而且不用说，正像肯塔基州我们那一带任何有名有姓的人那样，他喜欢马。到了春天，比尔达德就出门找活干。我们乡下的黑人能说会道，几乎可以让任何人答应他们任何事。在列克星敦那边，比尔达德能讨好我们乡下马场来的马夫和驯马人。这些驯马人晚上会来到镇上，围成一圈闲聊，或者玩扑克牌。比尔达德和他们混在一起。他总是给人帮些小忙，讲起那些和吃有关的事情,比如把鸡肉在锅里煎得焦黄,还有怎么做红薯和玉米面包才最美味。听他说话能让人流下口水。

当新的赛马季到来,入夜时分的街道上人们纷纷议论起新一批马驹,每个人都说起他们何时要去列克星敦,去丘吉尔园马场的春季大会或者去拉托尼亚。那些骑手从新奥尔良或古巴哈瓦那的冬季大会回来,在家休息一个星期,等着下次出征——每当这时,贝克斯维尔谈论的一切都是赛马,别无其他。马队整装待发,你呼吸的每一口空气都充溢着赛马的气氛。比尔达德就会在这时成为某支马队的厨师。我常常想起,他在整个赛季都会去看比赛,而冬天就在马厩里干活,身边环绕着马,还有那些乐意过来聊聊马的人。我一想起这些,就希望自己也是个黑人。虽然这么说很蠢,但那就是我对马的感情,非常疯狂,无法自已。

好吧,我必须跟你讲讲我们做了什么,好让你知道我在说什么。我们四个男孩都是白人,也是土生土长的贝克斯维尔人。我们下定决心要去看赛马,不只是去列克星敦或者路易斯维尔,我的意思是,我们要去平时听贝克斯维尔人说起的广阔的东部赛场,去萨拉托加。那时我们都挺年轻。我刚满十五岁,是四个人里年纪最大的。那是我提出的计划。

我承认,是我竭力说服其他人加入的。汉利·特纳、亨利·里巴克、汤姆·通伯顿,还有我。我身上带着 37 美元,这是我在冬天的夜晚以及星期六去伊诺克·迈尔杂货店做帮工攒下的。亨利·里巴克有 11 美元。汉利和汤姆每人都只有一两元。我们做好准备,保守秘密,直到肯塔基的春季赛马大会结束。我们老家身手最矫捷、最令我们嫉妒的那些男人都匆匆动身上路,我们也就出发了。

我不会告诉你,我们是怎样克服重重困难,跟着货车一路奔驰到达目的地。我们穿越克利夫兰、布法罗和其他城市,还看到了尼亚加拉瀑布。我们在那儿给我们的姐妹和母亲买了些纪念品,印着瀑布图像的勺子、卡片、贝壳,但又觉得最好一样也别寄回家。我们可不想让老乡发现我们的踪迹,然后被人捉回去。

正如我先前说的,我们在夜里到达萨拉托加,径直去了赛场。比尔达德把我们喂饱了。他让我们睡在一座棚屋顶上的干草堆里,答应我们保密。黑人在这些事情上很可靠,他们不会告发你。但你偷偷离家时,可能常常遇到一个白人,他看上去信誓旦旦,还给你个 25 美分、50 美分的,然后转头就把你出卖了。白人能做出这事,黑人却不会。你能相信他们。他们对孩子更厚道。我不知道为什么。

这年的萨拉托加大会上,不少男人都是我们老家来的。

戴夫·威廉姆斯、阿瑟·马尔福德、杰里·迈尔斯,等等。路易斯维尔和列克星敦也来了很多亨利·里巴克认识的人,但我不认识。那都是些职业赌棍,里巴克的父亲也是其中之一。他的父亲是我们所说的赌注登记员,一年中大部分时间都要跟着比赛跑。冬天他住在贝克斯维尔的家里,但很少待在那里,他常去大城市,在菲罗牌①局上发牌。他是个好人,慷慨大方,总是给亨利带各种礼物,自行车、金表、童子军制服之类的。

我的父亲是律师。他干得不错,但没挣太多钱,不能给我买这买那。不过反正我已经这么大了,不再指望这些。他从来没有对我讲过亨利的闲话,但汉利·特纳和汤姆·通伯顿的父亲讲过。他们对自己的儿子说,亨利父亲那样得来的钱不是什么好钱,他们可不希望自己的孩子从小听着赌棍的话长大,不希望他们脑子里也转着这些念头,甚至堕入此道。

这么说没错。我也知道那些男人清楚他们在说什么,只是我不明白这和亨利或者和那些马有什么关系。这就是为什么我要写下这篇故事。我感到困惑。我快要成为一个男人,想要变得成熟理智,走入正轨。但在那次东部赛场的比赛上,

①　一种简单的扑克牌赌博游戏。

我看到了一些我无法理解的东西。

我克制不住地对纯种马抱有狂热。我一直这样。十岁时,我发现自己渐渐长成大块头,不可能做个好骑手,我痛苦得差点死去。贝克斯维尔的哈利·赫林芬格,邮政局长的儿子,他已经成年,但是懒得工作,喜欢在街上闲逛,跟男孩们开些玩笑,比如让他们去五金店买支螺丝锥然后凿个方孔出来。他也跟我开过玩笑。他跟我说,如果我能吃下半根雪茄,就不会再长身体,或许就能成为骑手了。我照做了。趁父亲不留神,我从他兜里拿了根雪茄,费力吞了下去。我难受极了,不得不请医生过来,然后没落得什么好结果。我还是不停地长。那不过是个笑话。当我坦白说出我做了什么,以及这么做的缘由,大部分做父亲的估计都会忍不住抽我,可我爸没有。

好吧,我没有停止生长,也没有死掉。这结果对哈利·赫林芬格来说还算公平。后来我决定要做马倌,但是连这个也不得不放弃。这通常是黑人的活,我知道父亲不会让我做这个,问都不用问了。

如果你从没有为纯种马感到疯狂,那是因为你没在它们身边长久待过,你不了解它们。它们非常漂亮。有些赛马是那么可爱、那么干净,浑身都是力量、诚实和美好的一切,没什么比得上它们。我们贝克斯维尔镇周围的大型马场里就有赛道,一大早那些马就在里面跑了起来。我无数次在天亮之前起床,走两三英里的路去赛场。母亲不让我去,但父亲总是说,"随他去吧"。于是,我从面包篮里拿些面包,抹上黄油、果酱,囫囵吞下,然后就出门去了。

在赛道边,你会和其他男人一起坐在围栏上,有白人也有黑人,他们嚼着烟叶闲聊,然后有人把马驹牵了出来。时候还早,草叶上覆盖着闪烁的露珠。旁边一块田地里,有个男人在犁地。为赛马场干活的黑人们过夜住的棚屋里,有人在煎炸些什么吃食。你知道的,黑人会怎样咯咯地笑或者开怀大笑,并说些让你发笑的话。白人做不到,有些黑人也做不到,但是赛马场的黑人每次都能把你逗乐。

于是,马驹被人领了出来,其中一些就是由看马的男孩骑着出场的。不过,在那些属于身在纽约或者什么地方的富人的大赛场里,几乎每天早上都有几匹小马和一些更老的赛马、骟马还有母马被人领进赛道。

当看到一匹马奔跑起来,我的心就会提到嗓子眼。我不是说所有的马,但有些马是这样。我几乎每次都能挑中它们。这是我与生俱来的天赋,就像那些赛马场的黑人和驯马人也有他们的天赋。即使那些马只是被黑人男孩骑着慢步小跑,我也能认出谁会取胜。如果看到它时,我喉咙作痛、难以吞咽,那就非它莫属。当你松开它,它会跑得快得像魔鬼似的。如果它不是每次都赢,倒是怪事。那大概是有人训练它总是跟在另一匹马后面,或者它的缰绳被拉紧,或者在起点时起步不好之类的缘故。假如我真想做个亨利·里巴克的父亲那样的赌徒,我一定能暴富。我知道我能,亨利也这么说。我要做的全部,就是等待喉中那一阵疼痛,然后把每一分钱都押在那匹马上。如果我打算做个赌徒,我就那么干。但我没有。

早上你在赛道边的时候——不是那些赛场跑道,而是贝克斯维尔周边的训练跑道——你往往不会看见我上面描述的那种马,不过感觉依然很棒。任何一匹纯种马,只要是良种公马和母马生出来的,再经过优秀的驯马人调教,总能跑得很好。假如它不能跑,那它怎么会出现在跑道上而不是去耕田呢?

于是,它们被从马厩里放了出来,男孩们骑在它们身上。你置身此地,十分惬意。你从围栏上弯下身子,心里发痒。远处的棚屋里,黑人们又笑又唱。培根煎熟了,咖啡煮好了。一切闻起来都那么舒服。咖啡、肥料、马匹、黑人,煎培根的气味和在户外抽烟斗的气味,没什么比这样的早晨更沁人心脾。它俘获了你,就是这样。

但我要说的是萨拉托加。我们在那儿待了六天,没有任何从老家来的活人发现我们,所有事都像我们希望的那样发生。天气晴朗,马、比赛什么的都很棒。我们动身回家时,比尔达德给我们装了一筐炸鸡、面包和其他吃的。回到贝克斯维尔时,我身上还有18美元。母亲唠叨了半天,还哭了,但父亲没说太多。我告诉了他们一切,除了一件事。我独自一人见证和经历的事。我要写的就是这个。我感到沮丧,夜里总是想起这事。现在我要说了。

在萨拉托加,我们在比尔达德给我们安排的干草垛里过夜。每天早上,还有晚上,看比赛的人群全都散去的时候,我们和那些黑人一起吃饭。老家的人习惯大部分时间都待在看台和赌场,不大来拴马的地方走动,除了会在比赛之前给马上鞍的时候去围场。萨拉托加没有像在列克星敦、丘吉尔园马场和我们那边的赛场常见的敞圈围场。他们就在像银行家波洪的庭院那样平滑又漂亮的草坪上,在树荫下完成给马上鞍的工作。妙极了。马匹躁动不安,汗津津的,浑身发亮,人们都出来了,抽着雪茄。看看那些马匹,还有驯马人和马的主人,你会心脏狂跳、呼吸困难。

接着,出发的号角吹响了,那些身穿绸衣的男孩骑着马飞奔出来。你跑到前面,和黑人们一起挤在围栏边上。

我一直想成为驯马人或者马主。就算冒着被人发现然后送回家的危险，我也要在每次比赛之前，去给马上鞍的地方看看。其他三个人没去，只有我一人。

我们到萨拉托加那天是星期五。到了下一个星期三，"残废马尔福德""中步"和"光束"会参赛。天气正好，跑道干燥。比赛头一天晚上我根本睡不着。

事实上，那几匹马都让我一看就喉咙发疼。"中步"身材修长，是匹看起来有些笨拙的骟马。它的主人是乔·汤普森，我的同乡，他只有六匹马。"残废马尔福德"只能跑1英里，而"中步"无法跑得很快，它慢慢移动，中途总是落后一截才开始跑起来。如果全程距离是一又四分之一英里，它会先吃光所有东西才到终点。

但"光束"与众不同。它是匹不安分的种马，属于我们镇最大的农场，范·里德尔农场，主人是纽约的范·里德尔先生。"光束"就像是一个你不时想起却从来见不到的女孩。它全身都很结实，又很漂亮。你看到它的头，就想亲亲它。训练它的是杰里·蒂尔福德，和我相识。他待我很好，许多次让我走进马厩近距离看看它。没有什么像"光束"一样迷人。它静静地站在起跑桩旁边，看起来并不激动，但内心正在炽燃。当起跑杆抬起，它就像它的名字那样，如光束一般向前射出。你看到它，就感到心疼。它刺痛了你。它俯下身去，像猎鸟犬那样飞跑。我从没有见过什么能像"光束"那样奔跑,除了表现良好、能够充分伸展时的"中步"。

天！我无比渴望看到这场比赛,看到这两匹马比试高下,我渴望着,但又害怕。我不想看到其中任何一匹马被打败。以前我们从未同时派出这对好马参赛。贝克斯维尔的老人是这么说的,黑人们也这么说。那这就是事实了。

比赛之前我去围场看了看。我多看了一眼"中步",它不常像那样站在围场里。然后我去看"光束"。

这是"光束"的好日子。我一看见它就知道这一点。我完全忘记了会被人发现的危险,径直走了过去。贝克斯维尔来的男人都在那边,没人注意到我,除了杰里·蒂尔福德。他看见我了,发生了一些别的事。我接下来会告诉你。

我站在那儿看着那匹马,心里发疼。不知怎么,我能以某种方式感受到"光束"的内心。它安详地站着,任凭黑人们按摩着它的腿,范·里德尔先生亲自给它上鞍,然而它体内正涌起狂澜。它就像砰地坠落之前的尼亚加拉瀑布之河。那匹马根本不去想赛跑的事。它不必想这个。它只是在想如何克制住自己,到比赛开始时再爆发。我十分清楚。我完全能凭某种力量看穿它。我已经知道它马上就要令人惊骇地狂奔。它没有炫耀,没有声张,没有欢跳或装腔作势,只是静静等待。

我明白这一点,它的驯马人杰里·蒂尔福德也明白。我和那个男人都抬起头,彼此对视。我感觉到了些什么。我想我爱着这个人,正如我爱这匹马,因为他了解我的所思所想。那时我感到整个世界只不过是他、我,还有这匹马。我哭了,杰里·蒂尔福德的眼中闪烁光芒。然后,我到围栏边等待比赛开场。那匹马胜过我,它更沉稳,现在我比杰里更清楚这一点。"光束"是最安静的马,它必须在赛道上飞驰。

不出意料,"光束"得到第一名,还打破了1英里赛马世界纪录。看到这一幕,我已经彻底满足了。一切都如我料想的那样。"中步"在起跑时就被甩开了,落下一大段距离,最后得到了第二,我也料到了这点。有一天它也能创下世界纪录。没人在赛马中赢过贝克斯维尔人。

我冷静地看完了比赛,因为我心里有数。我对结果非常确定。汉利·特纳、亨利·里巴克和汤姆·通伯顿都比我兴奋得多。

有意思的是,我禁不住去想杰里·蒂尔福德,想象他在整场比赛中多么高兴。那天下午,我对他的喜爱胜过对父亲的喜爱。就这么想着他,我差不多完全忘了赛马本身。让我难忘的是比赛前在围场里,他站在"光束"身边时,我从他眼睛里看到的东西。我知道,在"光束"还是匹小马驹时,他就开始照看和训练它了。他教它如何奔跑、保持耐心,在什么时候起步,并且永不放弃。我明白,对他而言,这就像母亲看着她的孩子做一件勇敢、了不起的事。那是我第一次如此深切地体会一个男人的心。

那天晚上,比赛结束之后,我撇下汤姆、汉利和亨利,一个人出门了。我想做我自己,想要待在杰里·蒂尔福德身边,如果我可以的话。然后,那件事发生了。

萨拉托加的赛马场就在小镇边缘。整体装饰得不错,四周种着树,常绿的那种,还有草坪,围栏上好了漆,一切都很像样。经过赛场再往前走,你就走上了一条供汽车通行的柏油路。如果沿着这条路走几英里,你会看见有条岔路通向一个院子,院子里是座看起来有些怪异的农舍。

比赛结束的那天晚上,我一直沿着那条路走,因为我看见杰里和另一些男人坐车往那边去了。我不期望能找到他。我走了好久,然后在一道围栏边坐下思索。我正在靠近他们。我渴望离杰里尽可能地近一些。他让我感到亲近。没过多久我就走上了那条岔路,不知怎么回事,我来到了那座农舍跟前。我非常孤独,只想见到杰里,就像小时候在晚上想见到父亲那样。这时一辆车开了过来,停在院子里。杰里和亨利·里巴克的父亲都在车里,还有从老家来的阿瑟·贝德福德,以及戴夫·威廉斯和两个我不认识的男人。他们下车走进了农舍，但亨利·里巴克的父亲和他们吵了起来，说他不愿进去。当时不过九点，但他们已烂醉如泥，这古怪的农舍正是那些坏女人待的地方。事实就是这样。我沿着围栏匍匐靠近，然后透过一扇窗子往屋子里看。

我看到的景象使我焦躁不安。我不能理解。屋里的女人都是些丑陋而卑贱的女人，让人不想多看一眼，更不想靠近。她们都很平庸，有一个除外，那是个高个子，看起来有点像"中步"那匹骟马，但不如它那么干净，还长着冷硬难看的嘴巴。她一头红发。我看得一清二楚。我站在敞开的窗边，在老蔷薇树丛旁边。这些女人穿着宽松的裙子，围坐在椅子上。男人们进来了，有一些坐在女人大腿上。这地方闻起来有股腐烂的气味，败坏的言语飘荡在空中。冬天，在贝克斯维尔这种小镇上，一个孩子会在马厩边听到这些话，但它们绝不会出现在有女人的场合。整个都烂透了。黑人才不会走进这种地方。

我看了一眼杰里·蒂尔福德。我告诉过你我如何被他打动，因为他在"光束"参加比赛并打破世界纪录之前的那个时刻，完全了解那匹马内心的感受。

在这坏女人的屋子里，杰里满口大话地吹嘘自己，而我知道"光束"绝不会像他那样自夸。他说,是他造就了这匹马,是他自己赢得了比赛,打破了纪录。他像白痴那样说谎、夸耀。我从未听过如此愚蠢的言谈。

接着,你猜他做了什么!他望向那个女人,那个瘦长、有冷硬嘴巴、长得像"中步"但不如它那么干净的女人,他的眼睛又闪出了光芒,就像下午他在围场看着我和看着"光束"时一样。我就站在窗户旁边——天!——但我希望我根本没离开过赛场,希望自己还和其他男孩,和那些黑人,还有马待在一起。那个高个子女人站在我和杰里之间,正如那天下午围场里的"光束"。

突然之间,我开始恨这个人。我想大叫,想冲进屋子杀了他。我以前从来没有过这种感觉。我生气到极点,忍不住哭了,拳头攥得紧紧的,手心被指甲划破了。

杰里的眼睛依然闪着光,他来回挥手,然后向那女人走去,还亲了她。我偷偷溜回了赛场,回到了我们睡觉的地方,但几乎没睡。第二天,我叫他们三个男孩跟我一起回家,但只字不提我前夜看见的事。

那以后我就一直想着这件事。我弄不明白。春天再次到来,我快十六岁了,仍然像以前那样,大清早去赛马场,去看"光束""中步",还有另一匹叫"聒噪"的新晋小马。我打赌有天它会打败前两匹马,不过只有我和两三个黑人这么想。

但是一切都不同了。赛场上的空气不像以前那么甘美醇香。这都是因为一个叫杰里·蒂尔福德的男人,他知道自己做了些什么,他能够看一匹像"光束"那么好的马赛跑,然后在同一天亲吻那样一个女人。我弄不明白。该死的,他为什么那么做?我一直在想这件事,它毁掉了我看赛马、闻空气里的味道、听黑人们大笑时的感觉,毁了这一切。有时我太生气了,简直想和人打一架。这件事让我焦躁不安。他那么做到底是为什么?我想知道为什么。

种　子

他是个有胡子的小个子男人,容易紧张不安。我清楚记得他脖子上的青筋绷得凸起来的样子。

许多年来,他一直在用一种叫作精神分析的疗法给人治病。这个疗法是他生命热情所系。"我来这儿是因为我太累了,"他垂头丧气地说,"我的身体并不累,但我体内的某些东西又衰老,又残破。我想要快乐。我想有几天或者几星期的时间,完全忘记那些男男女女,忘记那些让他们生病的事。"

当人类声音中出现一个特定的音符,你就能认出那是真正的疲倦。如果一个人耗尽全身心的力量,在某些艰险的思想道路上跋涉,你就会听到它。刹那间,他发现自己无法继续了。他身体内的什么东西停止了。一次小小的爆炸发生了。他突然打开话匣子,也许说的都是些蠢话。他天性中有些他不曾察觉的细小支流,此时奔涌而出,充分彰显。就在这种时候,他变得自视甚高,大话连篇,总的来说就是出尽洋相。

就在这种情况下,那医生吵嚷起来了。他从我们坐着的台阶上跳起来,一边走来走去,一边开始了他的演说。"你是从西部来的。你总和人保持距离。你把自己保护得很好——该死!我可不——"他的声音的确变得刺耳了,"我深入了生活。我进入了那些男人和女人的生活表面之下。特别是女人,我仔细研究过她们——我们自己的,这美国土地上的女人。"

"你爱过他们吗?"我质疑道。

"当然,"他说,"爱过——你说到点子上了。我爱过他们。这是我理解事物的唯一方法。我必须试着去爱人。你明白吗?这是唯一的方法。爱就是我和一切东西打交道的第一步。"

我开始感觉到他的疲倦多么深重。"我们去湖里游泳吧。"我鼓动他。

"我不想游泳,不想做那些该死的慢吞吞的事情。我想飞跑,想要大叫!"他说,"我希望有一小会儿或者几个钟头的时间,变得像一片枯叶,让山风把我吹走。我有一个愿望,也是我唯一的愿望——释放自己。"

我们走在一条尘土飞扬的乡村小路上。我希望让他明白我理解他，于是我从自己的角度解释了他的处境。

当他不再说话，开始盯着我，我就发话了。"你并不比我做得更多更好，"我说，"你就像在一堆垃圾中打过滚的狗，但你毕竟不那么像狗，所以你不喜欢你自己皮肤的气味。"

现在是我的声音变得刺耳起来。"你这个白痴，"我不耐烦地喊道，"像你这样的人都是白痴。你没法在这条路上走下去的。在研究人类生命的道路上，没人能冒险走太远。"

我真的有些激动。"你表面上治好了那些病，但实际上这些病无处不在。"我说，"你想实现的事情，根本办不到。傻子——你难道指望人们能理解爱这种东西？"

我们站在路中间对视。他嘴角浮现出一丝轻蔑的笑意。他把手按在我肩上，晃了晃我。"我们可真聪明啊——我们看得多么透彻！"

他一股脑儿吐出这些话，转身走远了几步。"你以为你明白，但你并不明白，"他大叫道，"你说的那些办不到的事，其实可以办到。你撒谎。你那么笃定，可你忽略了一些微妙的、难以言说的东西。你完全忽略了重点。人类的生命，就像森林里的幼树，不断攀爬的藤蔓会让它们窒息。那些藤蔓，就是已经死去的人散布的陈旧思想和观念。我自己就要被那些缠来缠去的藤条闷死了。"

他发出苦笑。"这就是为什么我只想奔跑，玩乐，"他说，"我想变成枯叶，被山风吹走。我想死去，然后重生，我不过是一棵被藤蔓缠住、渐渐闷死的树。我的样子你也看到了，疲倦，想变得一干二净。我是畏畏缩缩地在生命中探险的业余选手。"他如此作结，"我感到疲倦，想变得一干二净。我身上都是那些盘根错节的藤。"

* * *

一个女人从艾奥瓦州来到芝加哥，在西郊一栋房子里找了个房间住。她大约二十七岁，表面上看，她搬到这儿来是为了进修先进的音乐教学方法。

还有个年轻男人也住在这栋房子里。他的房间面朝二楼长长的走廊，而走廊尽头正对着那个女人的房间。

说到这个年轻人——他天性里有种非常讨人喜欢的东西。他是个画家，可我常常希望他决定当个作家。他能充满同情地讲述各种事，但他的画并不怎么出色。

说回那个从艾奥瓦来的女人。她晚上从城里回到西郊的房子。从外表上看,她和你每天在大街上看到的千百个女人并无不同。唯独令她有些与众不同的是,她的腿有些残疾。她右脚有些轻微的畸形,走路时有点儿跛。她在这房子里住了三个月——除了女房东之外,她是唯一的女人——于是,这栋房子里的男人们都渐渐对她有了某种关心。

关于她,男人们都说着同样的话。当他们在前厅遇见时,他们停下来,笑着窃窃私语。"她需要情人,"他们彼此使着眼色说道,"她或许还没意识到这个,可她最需要的就是一个情人。"

了解芝加哥和芝加哥男人的人大概会觉得这愿望不难实现。当我的朋友——他叫勒罗伊——告诉我这件事,我笑了起来,但他没笑。他摇了摇头。"这并不容易,"他说,"如果事情那么简单,就没什么故事可说了。"

勒罗伊试着解释。"只要一有男人靠近她,她就特别警惕。"他说。男人们不断跟她说笑。他们请她去吃饭,去看戏,可她没那么容易答应和一个男人并肩走在街上。她从不在夜里上街。如果有个男人在前厅遇到她,试图搭讪,她就马上把目光转向地面,飞快地躲进自己的房间。有一次,楼里一个纺织品店的年轻职员请她和他一起坐在大门外的台阶上。

他非常动情,握住了她的手。她开始大叫,他只得仓皇站了起来。他把一只手放在她肩上,试图解释,但是被他的手指一碰,她就害怕得浑身打战。"别碰我,"她喊道,"把手拿开!"她厉声尖叫,街上的路人都驻足打探。纺织品店的职员惊慌地跑上楼,回了自己房间。他把门闩好,听着楼下的动静。"一定是个陷阱,"他用颤抖的声音对自己说,"她故意要找麻烦。我对她什么都没做,这是个意外。不过,到底发生了什么?我只是用手指碰了碰她的胳膊。"

勒罗伊大概对我说过很多次这个艾奥瓦女人的经历。那栋房子里的男人开始讨厌她。虽然她不想和他们发生什么,可这并不会让他们清静。她屡次让他们靠近她,然后无情拒绝他们的尝试。当她赤身裸体地站在正对着走廊的浴室里,而外面有男人们走来走去时,她就会把门半掩着。楼下客厅有张沙发,她有时就会在男人们面前一言不发地躺倒,躺在沙发上,嘴唇微启,眼睛直直地盯着天花板。她整个身体似乎都在等待着什么。她把全客厅的注意力都吸引到自己身上。站在周围的男人假装没看见。他们大声说话。一阵尴尬后,他们一个个悄悄离去。

有天晚上,这女人接到搬出房子的通知。有人跟房东谈过了,或许是那个纺织品店的职员。房东立即采取了行动。

"我更乐意你今晚就搬走。"勒罗伊听见那个老妇人说话。她站在艾奥瓦女人的房间外面。整栋房子都能听见房东的声音。

又瘦又高的画家勒罗伊，依靠坚定的信念为生。他头脑的激情已将他身体的激情吞噬。他收入微薄，还未娶妻。也许他从来就没有过一个爱人。他不是没有身体的欲望，只是并不特别关心这种欲望。

在艾奥瓦女人要被赶出这栋西郊房屋的那晚，她估摸着女房东下了楼，便走向了勒罗伊的房间。大约是晚上八点，他正坐在窗边看书。她没敲门就进了屋。她一言不发地穿过房间，跪在他脚下。勒罗伊说，她弯折的右脚令她跑起来像只受伤的小鸟，她的眼中燃烧着火焰，她的呼吸是短促的喘息。"把我留下，"她把脸放在他膝上，微微颤抖着说，"快让我跟着你吧。凡事都有个开始。我不能再等了。你一定要马上接受我啊。"

你一定猜想，这一切都让勒罗伊感到困惑。根据他说过的话，我推测他在那天晚上之前几乎没怎么注意过她。我想在那栋房子的所有男人里，勒罗伊应该是对她最无动于衷的。但在那个房间里，有些事发生了。当艾奥瓦女人跑向勒罗伊的房间，女房东悄悄跟了过去，结果勒罗伊得同时面对她们两个。艾奥瓦女人还在他脚下跪着,害怕地发抖。女房东十分恼怒。忽然,勒罗伊有一种冲动,他灵光一闪。他把手搭在跪着的女人肩上,猛烈地摇晃她。"振作起来,"他急促地说,"我会信守诺言的。"他转向房东,对她微笑。"我们订婚了。"他解释道,"我们先前吵了一架。她到这儿来就是为了住在我旁边。她一直不舒服,心情烦躁。我会把她带走的。您就别生气了。我一定把她带走。"

当那女人和勒罗伊一起走出房子,她不再哭泣,把手放进了他手里。她的恐惧烟消云散。他为她在另一栋房子里找了个房间,然后他们一起去了公园,并肩坐在长椅上。

*　　*　　*

勒罗伊告诉我的关于那女人的一切,都令我更加坚信那天我在山中对医生说过的话。你不能在研究人类生命的道路上跋涉太远。在长椅上,勒罗伊和那个女人一直聊到午夜,后来他还和她见面交谈过很多次。但是,他们没什么结果。我想她大概已经回家了,回到了西部。

在她老家,她是位音乐老师。她是四姐妹之一,四个人都从事相似的职业,勒罗伊说,都是些安静而能干的女人。最大的女儿还不到十岁时,她们的父亲就死了,五年后,母亲也不在了。四姐妹有一栋房子和一个花园。

从根本上说,我并不了解女人们的生活是什么样的,但对于这故事里的女人,我非常确定——她们谈论的只有女人的事情,想到的也都是女人的事情。四个人都没有过爱人。很多年里,没有男人来过她们的房子。

在四姐妹里,只有年纪最小的,也就是来过芝加哥的那个女孩,的确被她们生命中的女性特质所影响。这种特质造就了她的经历。每一天,她从早到晚都在给女孩子们上音乐课,结束后又回到满是女人的家里。二十五岁时,她开始渴望和幻想得到男人。无论白天还是晚上,她都在谈论女人的话题,但她一直极度渴望有男人来爱她。她怀着这种期待去了芝加哥。关于她在西郊房子里的态度和怪异行为,勒罗伊解释说,她想得太多,但做得太少。"她体内的生命能量已经耗散,"他如此断言,"她想要的东西,她没法得到。身体内的生命能量找不到出口。如果它被压抑,就会以另一种形式表现出来。她全身流露出性的欲望。它浸透了她生命的质料。到了最后,她就是性的人格化身,性欲被凝缩了,而且不指向任何特定的人。比如某些言语,或者被男人的手触碰,有时只是看到街上一个路过的男人,这些都能触动她。"

* * *

昨天我见到了勒罗伊，他再一次向我讲起那个女人古怪而悲哀的命运。

我们在湖边公园里散步。走着走着，那个女人的形象不断闪现在我脑海中。我突然有了种想法。

"你本来可以做她的情人，"我说，"这是有可能的。她不怕你。"

勒罗伊停住脚步。就像那位对探索他人生命十分自信的医生那样，勒罗伊生气了，开始骂我。他盯住我一会儿，怪事发生了。在尘土飞扬的小路上另一个男人说过的话，竟然又一次从勒罗伊嘴里说了出来。他的嘴角浮现出一丝轻蔑的笑意，说道："我们可真聪明啊——我们看得多么透彻！"

这个和我在湖边公园里散步的年轻人，声音变得刺耳了。我察觉到他内心的疲倦。然后他笑了，轻声说："没那么简单。如果你对自己那么自信，你就有可能错失生活中的浪漫。你完全忽略了重点。人生中没有什么是能彻底解决的。那个女人——你也看到了——就像一棵小树，快要被不断攀爬的藤蔓闷死。那把她笼盖起来的东西，把光都挡住了。她是个畸形的人,就像森林里的许多树也都是畸形的树。她的问题如此难以解决,以至于光是想想这问题就能扰乱我的生活。一开始,我和你一样。我自信极了。我想我会做她的情人,麻烦就解决了。"

勒罗伊转身走远了几步。接着他走回来,抓紧我的手臂。他被一种严肃而急切的情绪充满了,声音抖颤。"她需要一个情人,是的,那栋房子里的男人们说的没错,"他说,"她需要情人,可与此同时,情人不是她真正需要的。说到底,对情人的渴望不过是一种次要的东西。她需要的是被爱,需要长久、安详、充满耐心的爱。她无疑是畸人,但全世界的人也都是畸人。我们都需要被爱。能够治愈她的,也会治愈我们所有人。你看,她身上的病是如此普遍。我们都希望被爱,但世界不会计划着给每个人创造一个爱人。"

勒罗伊的声音停止了。他沉默地和我并排走着。我们离开了湖边,走到树荫下面。我凑近了看他。他脖子上的青筋紧绷着凸了起来。"我曾透过生活的表面往里看,但我害怕,"他说,"我自己就和那女人一样。我身上爬满了那些缠来缠去的藤蔓。我无法做一个爱人。我不够体贴,不够耐心。我还在偿还旧债。陈旧的思想观念——这些死去的人撒下的种子——在我的灵魂中生长,让我窒息。"

　　我们走了很久很久，勒罗伊也说了很久，把他脑中的念头都说了出来。我静静地听着。勒罗伊也重复着山间的男人曾对我说过的话，像一段叠句。"我想变成一件枯死的东西，"他望着草地上散落的叶子喃喃说道，"我想变成一片枯叶，被风吹走。"他抬起眼睛，望向我们从树丛中远远看见的湖面，"我感到疲倦，想变得干净。我身上都是那些盘根错节的藤。我希望死去，被风卷走，在无尽的水面上飘飞。"他说，"这世界上我最想要的就是干净。"

另一个女人

"我爱我的妻子。"他这么说——多此一举的陈述，因为我并没有怀疑过他对他娶的女人是否忠诚。我们一起走了十分钟，他又把这话说了一遍。我转过头看着他。他开始跟我讲述我下面要写到的故事。

他脑子里想着的事情，发生在能称得上他人生中最有戏剧性的那一周。在那个星期五下午，他就要结婚了。前一周的星期五，他接到一封电报，通知他被委任了政府里的一个职位。还有另外一些让他得意的事。他私下里喜欢写诗，前一年有几首诗发表在诗歌杂志上。有个社团每年评选当年发表的最佳诗作，那年他们的获奖名单上的第一个名字就是他。他的成功经历被登在了老家发行的报纸上，有一家报纸还印了他的照片。

不出所料，他在将要结婚的那个星期一直兴奋不已，情绪高昂,几乎每天晚上他都要拜访他的未婚妻,那是一位法官的女儿。他到她家的时候,满屋子都是宾客,还有许多人寄来的信件、电报和包裹。他站到一边,不断有男人和女人过来和他寒暄。他们都来祝贺他获得了官职,以及作为诗人的成就。似乎每个人都在赞美他。他回到家上床时,发现根本无法入眠。星期三晚上他去了剧院,他甚至觉得整个剧院里的观众都认识他,每个人都对他点头微笑。第一幕结束后,五六个男人和两个女人离开座席,凑过来围住他,暂时形成一个小团体。坐在他同一排的陌生人都伸长了脖子打量他。以前他从未获得如此多的关注。这时,他心里充满了一种燥热的期待。

他讲述时解释说,对他而言,那段时光整体上都很不寻常。他感觉像是飘浮在空中。见了那么多人、听了那么多溢美之词后再回到自己床上,他感觉脑中一片昏热混沌。只要闭上眼睛,他就觉得一群人走进了他的屋子,仿佛全城的人都把注意力聚焦在他身上。最荒唐大胆的幻想充塞着他的思绪。他想象自己坐着四轮马车穿城而过,各家窗户纷纷打开,人们接连跑出屋门。"他来了,那就是他!"众人喊着,话音落下后爆发出一阵欢呼。马车行驶到了一条被人群挤满的街上,成千上万只眼睛抬起来看着他。"看看你!你成了个多么了不起的人物!"那些眼睛似乎在这么说。

我的朋友还没弄清,他幻想中的人群如此兴奋,是由于他新写了一首诗,还是由于他在新职位上取得了什么显赫的成绩。那时,他公寓所在的那条街临着高耸的陡崖,在城市遥远的边缘地带。从他卧室的窗户往外望,能看见树林、工厂屋顶和远处的河流。因为无法成眠,加上那些蜂拥而至的幻想反倒令他越来越兴奋,他终于从床上爬起来,静静思索。

自然而然地,他试着控制自己的思绪。但当他毫无睡意地坐在窗前,一件令人意外且难堪的事发生了。夜空晴朗,明月高悬。他想要专注地思念未婚妻,想要酝酿一些高贵的诗行,或者构思一些有利于事业发展的计划。他吃惊地发现,自己的头脑抗拒以上任何一种想法。

他住的那条街上,拐角的地方有一个小小的烟草店和报刊亭,店主是一个四十岁的胖男人,还有他娇小活泼、有闪亮灰色眼睛的妻子。早上,我的朋友会在那里买张报纸再进城。有时他只看见胖男人,很多时候他不见踪影,只有那个女人在接待他。在讲述时,他不下二十次地对我保证,那是一个非常平凡、没有任何出众之处的女人,但说不清为什么,每次见到她,他就感到一股强烈的兴奋。就在他胡思乱想的那个星期,她是唯一清晰确凿地进入他思绪的人。当他试图思索那些高尚而美丽的东西,他只能想到她。他还来不及意识到怎么回事,就在想象中有了和她偷情的念头。

"我不明白我自己,"他坦白道,"夜里,城市安静下来,我也应该睡觉了,但我一直想着她。这样的情形持续两三天后,我开始在白天也想她。我无比困惑。当我去看现在成为我妻子的女人时,我发现我对她的爱并没有被开小差的念头妨碍。在这世上只有一个女人令我想要和她生活,想和她成为伴侣,而这有助于提升我的名望和地位。但是在那个时刻,你看,我想让另一个女人躺入怀中。她进入了我的生命。四处的人们都在说,我是个大人物,将要做一番大事,我也的确如此。去剧院的那天晚上,我步行回到家里,因为我知道自己没法睡着,也因为我想满足那恼人的冲动,我走到烟草店前面的人行道上站着。那是一栋两层的楼,我知道那个女人和她丈夫都住在楼上。然后我想他们两个就在上面,而且无疑是一起躺在床上,于是非常愤怒。

"接着更让我愤怒的是我自己。我回家,上床,气得发抖。有几本诗集和散文类的书总能让我深受感动,所以我把几本这样的书放在床边的桌子上。

"这些书里的声音就像死者的声音。我听不见它们。那些印在纸上的字无法渗入我的意识。我试着去想我爱的女人,但她的形象也变得十分遥远,在那个时刻,就像某种和我毫无关系的事物。我在床上辗转反侧。那真是折磨人的体验。

"星期四早上，我走进了烟草店。那女人一个人站着。我猜想她知道我的感觉，或许她也像我想她那样想我。一种疑惑的、犹豫的微笑从她嘴角浮现。她穿着一条布料廉价的裙子，肩部还有一道破口。她一定比我大十岁。当我要把零钱放在她面前的玻璃柜台上时，我的手在发抖，硬币发出了尖厉清脆的响声。当我开口，我发出的声音听起来完全不属于自己，几乎是沉闷的低声咕哝。'我想得到你，'我说，'我非常想得到你。你难道不能避开你丈夫吗？今晚七点来我公寓吧。'

"后来，她的确在晚上七点来我公寓了。而那个早上，她根本没说什么。也许我们站在那里彼此对视了一会儿。我忘记了世界上的一切，除了她。她点了点头，然后我走了。现在回想，我记不得她说过任何一句话。她在晚上七点到来，天已经黑了。你要知道，那是十月。我没点灯，而且事先让用人走开了。

"那天我状态很差。几个人来我办公室见我，和他们说话时我语无伦次。他们觉得是因为婚期临近，我才这么晕头晕脑，然后他们就笑着走了。

"就在那天早上，我婚礼之前的那天，我收到了未婚妻写来的一封动人的长信。前一天晚上她也没法睡着,于是起来写了这封信。她在信里写的东西都非常清楚、真切,但是她本人,那个活生生的人,似乎已经消失在很远的地方了。在我看来她就像一只鸟,在遥远的天上飞着,而我是个困惑的男孩,赤脚站在一座农舍前尘土翻飞的路上,只是看着她渐渐变小的身影。你明白我的意思吗?

"说到那封信,无法睡去的女人在信里吐露心声。她自然完全不懂得人生,但她毕竟是个女人。我猜想她当时躺在床上,和我一样紧张而焦躁。她意识到她的生活将要发生重大的变化,既喜又惧。她就在那儿躺着,想着这一切。然后她起床,在纸页上对我倾诉。她告诉了我她多么害怕,又多么高兴。和大部分年轻女子一样,她听到了人们私下议论的话。在信里,她态度很乖巧。'等我们结婚,过了很长时间以后,我们会忘记自己是男人和女人,'她写道,'我们只是人。你必须记住,我是无知的,有时还很蠢。你必须爱我,对我非常耐心、和善。当我懂了更多,当你用很长时间教会我生活的道理之后,我会努力回报你。我会温柔而强烈地爱你。这种可能性,就在我生命里。否则我根本就不想结婚了。我害怕,但又高兴。哦,我真高兴,马上我们就要结婚了!'

"现在你看出我那时多么混乱了。我读了未婚妻的信,忽然变得非常坚定、勇敢。我记得我立即从椅子里起身,来回走动,为我将要迎娶这样一位高贵的女人而自豪。我立即感到我就像体会着自己一样体会着她的感受,但我发现自己是那么软弱。没错,我确实坚定了信念,让自己不再软弱。我决定晚上九点去看看未婚妻。'我现在很好,'我对自己说,'她美好的性格,让我摆脱了自我的泥潭。我现在会回家把另一个女人赶走。'早上我给用人打电话说我不想让他那天晚上待在我公寓里,但我这时拿起电话,准备告诉他在家别动。

"接着我突然有了个想法。'无论如何我也不希望他待在家里,'我对自己说,'要是他看到在我结婚前夜,有另一个女人跑到我家里来,他会怎么想?'我又放下了电话,打算回家。'如果说我不希望用人在家里,那是因为我不想让他听见我和那女人说话。我不能对她太粗鲁。我得对她解释一番。'我就是这么对自己说的。

"七点那女人来了,而且也许你猜到了,我让她进了门,把我的决心抛到了脑后。很可能我根本没想过另一种选择。我门上有门铃,但是她没按,只是轻轻敲了敲门。在我看来,那天晚上她的一切举止都非常温柔沉静,但又果断干脆。我说清楚了吗?她到的时候,我就站在门后面,已经站着等了半小时。我的手就像早上一样发着抖,就像我把硬币放到柜台上,她双眼望着我时那样。我打开门,她很快走了进来,我把她拥入怀中。两个人一起站在黑暗中,我的手也不再抖了。我感到非常快乐,充满力量。

"虽说我试图把一切都说清楚,我还没告诉过你我娶的女人是什么样的。你看,我一直在说另一个女人。我盲目地宣称爱我的妻子,像你这么精明的男人应该明白,这话毫无意义。老实说,如果不告诉你这件事,我心里更舒服。我一定不可避免地让你觉得,我爱上了那个烟草店主的妻子。不是这样。没错,在我结婚前的一个星期里,我一直在想她,可在她去我公寓之后,我的心里就不再有她了。

"我说的是不是实话呢?我努力想要说清我经历的事。我是说,在她来我公寓的那个晚上之后,我就没有再想过她了。现在要说真相的话,那我要说,不是那样的。那天晚上九点,我去了未婚妻家里,就像她在信里要我做的那样。不知怎么回事,那个烟草店女人的影子一直跟在我身旁。我的意思是——你看,我在想,如果我和那个烟草店主的妻子发生了什么,我就无法顺利结婚了。我对自己说,'这是非此即彼的选择'。

"事实是,我去看了我的爱人,内心洋溢着对我们要一起生活的新的信心。我怕我把事情说得有些混乱。刚刚我说另一个女人,那个烟草店女人跟着我,但我不是说她真的和我一起去了。我要说的是,她对自己欲望的信念和把事情做到底的勇气跟随着我。你明白吗?当我到达未婚妻的房子,四周站着一群人,有些是远方来的亲戚,我没见过。我走进房间,她迅速抬眼看着我。我一定是容光焕发的。我从没见过她那么动情。她觉得她的信深深打动了我,当然,的确如此。她跳了起来,跑着过来迎我。她就像个开心的小孩。人们转过头来,诧异地看着我们,就在这些人面前,她说出了她的想法。'哦!我太开心了,'她叫道,'你理解了我。我们将会成为两个完全的人类。我们不需要成为某人的丈夫和某人的妻子了。'

"如你所想,大家都笑了起来。但我没笑。泪水涌上我的双眼。我如此幸福,想要大喊。也许你理解我的意思。那天在办公室里读未婚妻的信时,我对自己说:'我会照顾我心爱的小女人。'你看,这么想是有些扬扬得意。而在她房子里,在她叫喊出那段话、大家都笑起来的时候,我却对自己说:'我们会照顾好自己。'我也在她耳边低声说了类似的话。老实说,我已经不再觉得自己高人一头了。是另一个女人的精神影响了我。当着众人的面,我搂紧了未婚妻,然后接吻。大家觉得我们见到对方时如此动情,是感情恩爱的标志。如果他们知道了关于我的真相,他们会怎么想? 只有上帝知道!

"我已经说了两次,在那晚之后我就根本没再惦记过另一个女人。某种程度上这是真的,但是有时,当我晚上一个人走在街上,或者像现在这样走在公园里,当黑夜像今晚这样在不经意间悄然降临,对她的感觉就会猛地钻进我的身体和心灵。那次见面后我就没再见过她了。第二天我结婚了。我再也没有走进她所在的那条街。然而,常常是像现在这样漫步时,我会感到被一种迅猛、尖锐而粗野的渴望充满。我好像是埋在土里的种子,温暖的春雨洒在我身上。好像我不是人而是棵树。

"现在你知道,我结婚了,一切都很顺利。在我看来,我的婚姻是美好的事实。如果你要说我的婚姻并不幸福,我会说你是个骗子,然后说出真实的情况。我刚刚告诉了你另一个女人的事。谈过她的事,让我感到轻松。以前我从没说起过。我在想,之前我怎么会这么傻,害怕你觉得我并不爱我的妻子。假如我不是直觉地相信你会理解我,我就不会开口了。现在说完了,我有些兴奋了。今晚我应该会想到另一个女人。有时会这样。有时我在床上等着入睡时就会这样。我的妻子住在我隔壁的屋子里,她的门总是开着。今晚会有月亮,有月亮的时候总会有长长的光束落在她床上。今晚我会在午夜醒来，而她会睡着，一只手枕在脑袋下面。

"我在说些什么啊？一个男人不会说到他躺在床上的妻子。我想要说的是，因为谈起了这些，今晚我会想到另一个女人。这种念想不会和我结婚前的那个星期一样。我会思考那女人后来怎么样了。在片刻间，我会感觉自己还紧紧搂着她。我会想到，我曾在一个小时里与她那么亲密，比我和所有其他人都亲密。然后我会想到我和妻子也有那么亲密的时候。她还是一个正在觉醒中的女人。会有一个瞬间，我闭上眼睛，感到另外那个女人灵敏、精明、坚定的眼睛直视着我的眼睛。我会开始浮想联翩，但很快我又睁开眼睛，再次看到我选择与之度过此生的心爱的女人。然后我会睡去。早上醒来时，一切都会像是那天晚上，在我拥有人生最关键的经历之后，走出黑暗公寓的一刻。你明白我的意思，对我来说，只要我醒来，另一个女人就会彻底消失。"

鸡 蛋

我敢肯定，我父亲是个本性乐观而和善的人。三十四岁之前，他一直是雇农，在靠近俄亥俄州比德韦尔镇的地方为一个叫托马斯·巴特沃斯的男人干活。那时他自己有一匹马，每到周六晚上，他就驾着马车进城，和其他雇农聚在一起待几个小时。到了城里，他会在本·黑德的酒馆喝上几杯啤酒，闲站着和人聊天。周六晚上的酒馆总是被雇农挤满。人们唱着歌，杯子重重地撞在吧台上。十点钟，父亲就一个人在孤寂的乡村小路上赶车回家了，他让马舒服地过夜休息，自己也上了床，对生活非常知足。那时，他没有过出人头地的念想。

在他三十五岁那年的春天，父亲和当时是乡村老师的母亲结婚了。第二个春天，我呱呱坠地。对父母而言，事情开始变化了。他们有了抱负，在世上干出一番事业的美国式激情在他们身上爆发了。

也许那是因为我母亲。作为老师,她自然读过不少书和杂志。我想,她大概也读到过加菲尔德①、林肯的故事,还有其他一些出身贫民但立下功业的美国人的事迹。当我躺在她身边——她坐月子时——或许她也期待着有一天我会统治人群和城市。不管怎样,她说服父亲不再给人做雇农,把马卖了,开始做起自己的生意。母亲是位高挑而沉静的女人,有着长长的鼻子和忧郁的灰眼睛。她并不指望自己能得到什么。但对父亲和我,她却不可救药地满含期许。

他们两人第一次尝试经营的结果很糟。他们在离比德韦尔 8 英里的格里格斯路租了 10 英亩满是石头的地,办起了养鸡场。我就在那个地方长到少年时代,也是在那里获得了有关生活的最初印象。从一开始,那就是些悲哀的印象。如果说我是个阴沉的人,更愿意关注生活中的黑暗面,那么我以为,这是因为我本该快乐幸福的童年却是在养鸡场度过的。

如果你不熟悉这方面的事情,你就不会想到一只鸡会碰上那么多、那么悲惨的事情。它从鸡蛋里孵出来,几星期后长成一只毛茸茸的小东西,你在复活节卡片上看到的那种。然后,它可怕地脱掉了茸毛,吃下许多你父亲辛辛苦苦赚钱买来

---

① 詹姆斯·艾伯拉姆·加菲尔德(James Abram Garfield, 1831—1881),美国政治家、数学家,出生于俄亥俄州,1880 年当选为第二十任美国总统。

的玉米、谷物。它可能会染上像是鸡痘、鸡霍乱和其他名字的病，会呆立着望着太阳，生病，然后死去。会有一部分母鸡，时不时有些公鸡，仿佛是为了实现上帝神秘的意图而坚持活到成熟。母鸡下了蛋，更多的小鸡孵了出来，于是这恐怖的循环周而复始。这一切都不可思议、令人困惑。大概许多哲学家都是在养鸡场长大的。他们对一只鸡如此充满希望，然后又痛苦地遭遇幻灭。小鸡刚刚迈入生命之旅，看起来非常聪明机警，但实际上蠢得要命。它们和人如此相像，以至于让你把鸡和人的事情混为一谈。如果疾病没有夺走它们的生命，它们就会等你的期望抬到最高时，再走到马车的轮子下面——被压扁碾碎，从哪儿来回哪儿去了。它们小时候容易生寄生虫，你得花大把的钱买药粉。后来，我读过不少教人如何养鸡致富的书。这些书大概是给那些刚刚从智慧树上吃了果子的天人读的。它们的腔调非常乐观，宣称有抱负的、养了几只母鸡的普通人大有可为。你千万不要被它们迷惑。这些书不是写给你看的。你大可以去阿拉斯加的冰山上淘金，可以信赖政客的诚实，或者相信每天世界都在变得更好、正义在战胜邪恶，但是，绝不要看也不要信那些有关母鸡的书。它们不是给你看的。

　　但我有些离题了。我故事的重点不是母鸡。准确地说，它的重点是鸡蛋。十年间，父母拼命想让我们的养鸡场赚钱，有一天终于放弃了这种挣扎，然后开始了另一种。他们搬进了比德韦尔镇，做起了餐馆生意。为不能孵出小鸡的孵化器而头疼，为幼小、可爱的毛球长成半裸的小母鸡接着变成死鸡而苦恼，这样过了十年之后，我们终于抛下这一切，带上家什赶着马车沿格里格斯路去了俄亥俄州的比德韦尔镇。仿佛一个充满希望的小商队，我们期待着在一个新地方开始蒸蒸日上的人生旅程。

我们几个应该看起来都挺郁闷，我猜想，就和从战场逃出来的难民差不多。母亲和我在步行。我们找邻居艾伯特·格里格斯先生借用了一天马车，用来搬运东西。车上，那些廉价椅子的脚从侧面伸出来，而床、桌子、装满厨具的箱子后面是一个装着活鸡的条板箱，那堆东西上面放着我小时候坐过的婴儿车。我不明白为什么我们还没把婴儿车扔掉。家里不大可能再有新的小孩了，而且那车轮也坏了。财产稀少的人总是紧紧地抓住他们手里仅有的东西。这是让人对生活感到沮丧的事情之一。

父亲驾驶着马车，当时他是个四十五岁的秃顶男子，有点发福，在长期和母亲还有小鸡相处之后，常常变得沉默且沮丧。在我们开养鸡场的十年里，他一直给附近的农场帮工，挣来的大部分钱都花在了买那些给鸡治病的药上,像是威尔默·怀特牌鸡瘟散或者比德洛教授牌增蛋素,或者母亲在禽类养殖报纸的广告上看到的其他药品。他脑袋上只有耳朵上方的两小撮头发。我记得小时候,冬天的星期天下午,他会在火炉前面的椅子上睡着,我就坐在那里看着他的脑袋。那时我已经开始读书,有了自己的一套想法,我把他头顶那条光秃秃的路想象成一条宽阔的大道,就像恺撒为了带领军团从罗马出发走向神奇的未知世界而开辟出来的那种路。我想父亲耳朵上的头发就像是森林。我进入半梦半醒的状态,梦到自己是一个小小的家伙,正沿着那条路踏入一个遥远美丽的地方,那里没有养鸡场,只有幸福的、与鸡蛋毫无瓜葛的生活。

关于我们逃离养鸡场进城生活的过程,你可以写一本书。母亲和我走了足足 8 英里——她步行是为了保证没有任何东西从马车上掉下来,而我是为了看看世界的奇景。马车上,父亲身边的座位上放着他最珍贵的宝贝。我接下来会告诉你。

在有几百只甚至几千只小鸡破壳而出的养鸡场里,难免发生令人吃惊的事。和人一样,有时鸡蛋也孵出畸形的小鸡。这种意外不常有——大概是千分之一。比如你会发现一只鸡生来有四只脚,或者两对翅膀,两个脑袋什么的。这些小东西没法存活。它们很快就回到了造物主那颤抖过的手中。对父亲来说,这些可怜的小家伙无法活下来,是他见证的生命悲剧之一。他多少感到,假如他能把五只脚的母鸡或者两个脑袋的公鸡养大,他自己也能发财。他幻想着把这种奇观带到农展会上展示给其他农民,并借此赚许多钱。

总之,他把这些奇形怪状的小东西都保存了下来。它们被泡在酒精里,分别装进玻璃瓶。他把它们都小心地装进箱子里,在我们进城的路上把它放在身旁的座位上。他一只手赶马,另一只手按在那箱子上不动。我们一到目的地,他就立刻把箱子拿了下来,把玻璃瓶取出来放好。我们在比德韦尔经营餐馆的日子里,小玻璃瓶里的畸形小鸡就摆在柜台后面的架子上。母亲有时表示抗议,但父亲对于他的宝贝格外固执。他宣称这些畸形儿别具价值。他说,人们都喜欢看古怪稀奇的东西。

我是不是说过,后来我们在俄亥俄州的比德韦尔镇做餐馆生意?我说得有点夸张了。这个小镇在一座矮山脚下,临着一条小河。铁路不经过这镇子,火车站在北边1英里外一个叫皮克尔维尔的地方。以前车站边还有一座苹果酒坊和一座泡菜厂,但在我们去那儿之前它们就都倒闭了。每天早晚都有巴士从比德韦尔主街的旅店出发,经过特纳道来到车站。我们去这么个偏远的地方开餐馆是母亲的主意。她念叨了一年这件事,然后有一天采取行动,租下了火车站对面的一座空房子。她相信餐馆能赚钱。那些来往的旅客,她说,总是会在附近等着去坐出城的车,而城里的人会在车站等那些进站的车。他们可以来餐馆吃馅饼、喝咖啡。如今我长大了,明白了她这么做还有别的动机。她对我寄予厚望。她希望我出人头地,在城里上学,变成城里人。

在皮克尔维尔,父母像往常一样工作得非常辛苦。一开始,我们必须把这个房子打造成餐馆的样子。那就花了一个月工夫。父亲做了个储物架,把一盒盒蔬菜摆在上面。他还做了一个标牌,用红色油漆涂上大大的代表自己名字的字母,在他的名字下面是那句迫切的指令——"在此用餐"——但是很少有人服从这指令。他们还买来玻璃陈列柜,里面装满雪茄和烟草。母亲擦洗了地板和墙面。我开始去城里上学,很高兴能远离养鸡场和那些看起来倒霉悲惨的小鸡。但我仍然不太快乐。每天傍晚我沿着特纳道走回家里,记起我看到的那些在学校操场玩耍的孩子。一群小女孩一边单脚跳,一边唱歌。我也试着那么做。在那条结冰的路上,我认真地单脚跳了起来。"蹦蹦跳跳去理发店。①"我尖声唱道。然后我停了

---

① 美国童谣。

下来,警惕地四周打量。我害怕被人看到我欢喜雀跃的样子。那时我一定感到,像我这样在死神每天到访的养鸡场长大的孩子,不应该做这样一件事。

母亲决定我们的餐馆要开到深夜。晚上十点有一列朝北开的客车经过我们门前,然后会有一列本地的货车。货车上的工人要在皮克尔维尔转车,当他们完成工作就会来我们店里弄点热咖啡和吃的。有时会有客人点一只煎鸡蛋。凌晨四点他们再次回北边去时,又会来我们餐馆。小生意就这样渐渐做了起来。

母亲晚上睡觉,白天打理餐馆、喂饱客人。白天父亲就睡在晚上母亲睡觉的床上,而我去比德韦尔镇上学。在漫长的夜晚,母亲和我都睡了,父亲就做些烤肉,准备放进那些客人用午餐篮带走的三明治里。就在这时,在世上有所成就的念头又出现在他脑子里了。美国的精神占据了他的心。他也变得野心勃勃起来。

长夜漫漫,没有什么可做,于是父亲有了思索的空闲。这却成了他失败的根源。他断定,自己过去的失败是由于他不够乐观,因此未来他要对生活抱有信心。大清早,他上楼去找床上的母亲。她醒来,两人开始说话。房间一隅,我在自己的床上听着。

父亲认为,他和母亲都应该为来访的顾客提供娱乐。我现在不记得他确切的言辞,只记得他给我留下他将要莫名其妙地成为艺人的印象。当比德韦尔镇来的客人,特别是那些很少到来的年轻客人在餐馆落座,店主将会给他们奉上一些有趣的演说。从父亲的话听来,我猜想他追求的形象,近于坎特伯雷故事里那种欢乐的旅店老板。一开始母亲一定有些怀疑,但她没说什么反对的话。父亲相信,那些比德韦尔的年轻人将会渴望来到店里,接受他和母亲的陪伴。到了晚上,饶有兴致的人群从特纳道上唱着歌前来,他们三五成群,又唱又笑地走进我们的地盘,餐馆里会充满歌声和欢庆。我不想营造出那种印象,让你觉得父亲在做作地谈论这件事。如我所说,他是个不善言辞的人。"那些人需要一些能打发时光的去处。我跟你说,他们一定需要这样的去处。"他一遍遍地重复着。那大概是他所说的全部了,而我自己的想象填补了他话中的空隙。

接下来两三个星期,父亲的提议改变了整个屋子的氛围。我们交谈不多,但每天正在学会努力用微笑取代阴沉的脸色。母亲对客人微笑,而我受到感染,对我们的猫微笑。父亲几乎是狂热地想要取悦别人。他体内某处无疑潜藏着一丝表演型人格。他不会把这种能力太多地花在那些深夜光顾的铁路职工身上,但他似乎一直热切等待着从比德韦尔来的年轻男女,希望向他们展示他的才能。餐馆柜台上一直放着一只装满鸡蛋的铁丝篮子,当他脑中冒出取悦别人的想法时,这只篮子一定就在他眼前。鸡蛋似乎在潜意识里触发着他的观念。不管怎么说,他刚刚对生活涌起的激情,很快就被一枚鸡蛋浇灭了。有天夜里很晚的时候,我被父亲发出的怒吼惊醒。我和母亲都从床上坐了起来,母亲用颤抖的手点亮了床头的灯。前门砰地关上的声音从楼下传来,几分钟后父亲迈着沉重的步子上楼了。他手中握着一枚鸡蛋,手像是怕冷那样发抖,目光里有种疯狂的神情。他就那样站着盯着我们,我觉得他肯定想把鸡蛋扔在我或母亲身上。但他只是将它轻轻地放在床头桌上的灯旁,然后在母亲床边跪了下来。他开始像孩子那样哭泣,而我被他的悲伤感染,一起哭了起来。我们俩号哭的声响回荡在整个二楼房间。我唯一记得的细节就是母亲的手不停地抚摩着父亲头顶那条光秃秃的道路,虽然这很荒唐。我忘了母亲对他说了什么,以及她是如何让他开口告诉她楼下发生的事的。就连他后来的解释也被我忘干净了。我只记得悲伤惊怖的心情,以及父亲跪在床边时他头顶光溜溜的道路在灯下闪耀的样子。

至于说楼下发生的事,不知为何,我知道这故事,就像我亲眼见证了父亲的挫败那样。随着时间流逝,你会明白许多难以解释的事情。那天晚上,年轻的乔·凯恩,一个比德韦尔商人的儿子,来到皮克尔维尔车站,等着他父亲从南边坐火车来,预计十点到达,结果火车晚了三个小时,乔走进我们的餐馆打发时间,等着火车到站。当地的货车进站了,工人们也吃饱喝足了。餐馆里只剩下乔和我父亲两个人。

从他一进来,这位比德韦尔青年大概就对我父亲的举止感到困惑。在他看来,父亲是在对他的逗留表示生气。他注意到,他的出现显然让餐馆老板不太自在,于是想着离开,但外面下雨了,他也并不想走那么长一段路回到城里再走回来。他买了5美分的雪茄,点了一杯咖啡。他把兜里带着的报纸拿了出来,开始看报。"我在等晚班车,晚点了。"他带着歉意说道。

乔·凯恩以前从没见过我父亲。父亲一言不发地盯了他很久,当时无疑在经受怯场的折磨。正如生活中常常发生的那样,他曾经如此频繁、如此多地想象眼下他遇到的这种情形,以至于在真正遭遇时感到莫名的紧张。

紧张的表现之一是他不知道把手放哪儿。他把一只手用力地从柜台上方伸出来和乔·凯恩握手。"您好哇。"他说。乔·凯恩放下了报纸看着他。父亲突然看着柜台上那篮鸡蛋,双眼放光,开始了演说。"呃,"他犹犹豫豫地开头了,"呃,您听说过克里斯托弗·哥伦布吗?"他像是有些恼怒,"那个哥伦布是个骗子。"他语气强烈地说,"他说要让鸡蛋竖立在桌子上。他这么说了也这么做了,但他是打破了鸡蛋才做到的。"

在我们的客人看来,父亲似乎是为哥伦布的欺骗行径而震惊。他咕哝,大吼,宣称不该教孩子说哥伦布是个伟人,因为他在关键时刻作弊了,他说他能让鸡蛋竖起来,虚张声势后却玩了个花招。他一边继续念叨哥伦布,一边从柜台上的篮子里拿起一枚鸡蛋,开始走来走去,把鸡蛋放在手掌之间搓动。他亲切地笑了,开始嘟哝着人体的电流如何对鸡蛋发生作用,宣称他通过用手揉搓鸡蛋,不打碎蛋壳也能让它竖起来。他说,手掌的温度和轻度的摇晃能够给鸡蛋一个新的重心,对此乔·凯恩也显出了几分兴趣。"我经手过几千只鸡蛋,"父亲说,"没人比我更了解鸡蛋了。"

他把鸡蛋放在柜台上,鸡蛋倒下去了。他试了一次又一次,每一次都会把鸡蛋放在掌间揉搓,一边念叨着有关电流、引力定律之神奇。半个小时之后,他的确在片刻间让鸡蛋立起来了,但是他抬头看见客人已经没在看这把戏了。当他再次让乔·凯恩关心起他的成功时,那鸡蛋却又倒了下去。

父亲心中燃烧着一个演员的热情,但又为他最初的表演失败感到困窘。于是这时，父亲从架子上把那些畸形禽类拿了下来，展示给他的客人看。"看看，像这个家伙七条腿、两个脑袋是怎么回事？"他问道，展览着他珍藏品中最稀奇的一件，脸上洋溢着得意的笑容。他把手伸出柜台，拍了一下乔·凯恩的肩膀，就像他还是个年轻农民时那些周六晚上在城里的本·黑德酒馆里看到人们所做的那样。看到酒精里漂浮着的那些不成形状的鸡，客人感到有些恶心，站起来就走了。父亲从柜台后面走出来抓住客人的手臂，让他再次回到座位上。他有点生气，一时间只得别过脸去，然后挤出微笑。他把玻璃瓶放回架子上。他突然大发慷慨，说他来请客，请乔·凯恩再喝杯咖啡、抽支烟。接着他拿来一只平底锅，从柜台下面拿出一个罐子，把里面的醋倒进锅里。他宣布要做一个新的表演。"我会在这锅醋里把鸡蛋加热，"他说，"然后我会在不弄碎蛋壳的情况下，让鸡蛋从瓶子的颈部穿过去。当鸡蛋进到瓶子里，它会保持原来的形状，蛋壳会再次变硬。然后我会把瓶子给你，无论走到哪儿你都带着它，人们就会好奇你是怎么把鸡蛋放进瓶子的。别告诉他们，让他们去猜吧。这就是这个把戏有意思的地方。"

父亲对客人挤了挤眼睛。乔·凯恩断定面前的这个男人脑子有些问题，但不会伤害人。他把父亲给他的那杯咖啡喝了,继续看报。鸡蛋在倒了醋的锅里加热之后,父亲用勺子盛着它放到柜台上,然后走进后屋拿了只空瓶子来。他做这个把戏时,客人并没有看着他,这令他生气,不过他还是高高兴兴地进行着。他挣扎了很长时间,费力要让鸡蛋挤进瓶颈。他又把锅放到炉子上,想要再次加热鸡蛋,但放鸡蛋时烫伤了手指。在滚烫的醋汁里再次沐浴之后,鸡蛋稍微变软了些,可还达不到父亲的目的。他试了又试,内心被一种狂热的决心占据了。当他觉得快要大功告成的时候,晚点的火车到站了,乔·凯恩无情地往门口走去。父亲做了最后一次绝望的努力,想要征服鸡蛋,让它证明他是个能取悦客人的餐馆老板。他威胁着鸡蛋,试图对它表现出某种粗暴的样子。他骂骂咧咧,汗水从前额渗了出来。鸡蛋在他手里碎裂了。鸡蛋液喷溅在他的衣服上,此时乔·凯恩在门口停下,转身看了看,笑了起来。

父亲喉中发出了愤怒的咆哮。他暴跳起来,叫喊出一些含混不清的句子。他又从篮子里取出另一只鸡蛋往那年轻人的脑袋扔去,但客人避开了鸡蛋,从门口逃走了。

父亲手里拿着一只鸡蛋,走上楼见母亲和我。我不知他想干什么。我以为他想毁了它,毁掉所有的鸡蛋,并让母亲和我看着他这么做。然而,当他见到母亲时,身上发生了变化。

就像我之前说过的那样,他轻轻地把鸡蛋放在桌子上,跪在床边。父亲决定歇业一晚,上楼睡觉。关好餐馆大门后,他把灯吹熄,在一阵低声的交谈后,他和母亲都睡了。我想我也去睡了,但很难睡好。

黎明时我醒了,盯着床头桌上的鸡蛋很久很久。我想知道为什么要有鸡蛋,为什么鸡蛋会生出母鸡,然后母鸡再下出鸡蛋。这个疑问进入了我的血液。它会一直在我体内,我想,因为我是我父亲的儿子。不管怎样,我脑中一直没解决这问题,而我得出结论:这也是证明鸡蛋取得彻底的、最终的胜利的又一证据——至少对我们一家来说如此。

未明之灯

一个星期天傍晚七点，玛丽·科克伦从她和她父亲合住的房子里出来。这是 1908 的六月，玛丽正十八岁。她从特里蒙特街走到梅恩街，穿过铁轨来到上梅恩，那儿的街道两旁排布着小店和破败房屋，是星期天很少有人光顾的寂静萧条的地方。她告诉父亲她要上教堂去，其实根本没打算这么做。她也不清楚自己想做什么。"我得一个人出来待会儿，想想事情。"她慢慢前行，一边这么对自己说。她觉得这个星期天之夜如此美好，如果坐在人挤人的教堂里听一个男人大谈和她自身困惑明显无关的话题，那就太浪费了。她正在个人生活中面临一桩危机，是时候严肃考虑一下她的未来了。

玛丽陷入忧虑，是因为前一天晚上和父亲的一番交谈。没有任何其他的开场白，他父亲就突兀地告诉她，他患有心脏病，随时都可能死去。他说这事时，他们一起站在医生的办公室里,办公室后面就是父女两人居住的屋子。

快要天黑时,她走进他的办公室,发现他一个人坐着。办公室和起居室位于伊利诺伊州亨特斯堡镇上一栋旧木框架的房子二楼。医生开始说话了,他站在女儿身边,挨着俯瞰特里蒙特街的一面窗子。星期六晚上小镇上低低的市声会在一个转角后的梅恩街延续,而那开向东面 50 英里外的芝加哥的晚班火车刚刚经过此地。酒店巴士从林肯街上嘣鸣开出,经过特里蒙特街前往下梅恩的酒店。马蹄掀起的烟尘在静谧的空气中浮动。一些稀稀落落的人跟在巴士后面,特里蒙特街的拴马桩旁已经排满了小马车,它们载着农民和他们的妻子进城来消磨一个购物和闲聊的夜晚。

巴士经过之后,至少三四驾马车开进了这条街。一个年轻人扶着他的爱人从其中一驾马车上下来。他轻轻地抓住她的手臂,于是像这样被一个男人轻轻触碰的渴求,像以往许多次那样再次涌上玛丽的心头,就在她父亲宣告他随时可能离世的那一刻。

就在医生讲话时,巴尼·史密斯菲尔德吃过晚饭,走回了他干活的地方,他有间马厩,就在特里蒙特街科克伦父女的那栋楼对面。他停在马厩门口,向聚集在那里的一群男人讲起了故事,人群传出一阵大笑。闲人中有个体格强壮、穿着格子外套的年轻人,他从人群中踏出一步,站到了马厩主人的前面。他看见了玛丽,想要吸引她的注意。他也开始讲故事了,一边说一边比画着,挥动着胳膊,还时不时转过头去看窗边的女孩是否还在看他。

科克伦医生是用一种冷静的语调对他女儿说起他正在临近的死亡的。对女孩来说,似乎她父亲的一切都是沉稳安静的。"我有心脏病,"他直截了当地说道,"我很久以来都猜想自己有这种毛病,星期四我去芝加哥做了检查。事实是我可能会在任何时候死去。我告诉你这个的唯一理由是——我能留下的钱很少,你得自己为未来打算。"

医生又往窗边靠近了一步,他的女儿把手放在窗棂上,这个消息让她脸色有些发白,手也颤抖起来。虽然医生是冷淡的,但他还是被触动了,想要安慰她。"好啦好啦,"他踌躇地说,"或许最终不会有什么问题的。别担心。我当医生三十年了,知道那些所谓专家的断言往往有不少胡说的成分。对我这种情况来说,我的意思是,一个有心脏病的人也很可能继续扑腾很多年。"他不自在地笑了笑,"我甚至听说,确保长寿的最好方法就是和心脏病为伴。"

说完这些,医生转身走出办公室,走下木质楼梯去了街上。他本想在说话时搂住女儿的肩膀,但他先前没有流露过任何特别的情感，不足以让他体内某种紧绷的东西松懈下来。

玛丽久久地站在窗前，凝视着下面的街道。穿格子外套的年轻人叫杜克·耶特，他的故事讲完了，引发一阵大笑。玛丽又转身去看她父亲刚刚走出去的那扇门，忽然充满恐惧。她在人生中没有得到过什么温暖亲密的东西。尽管夜晚很暖和，她还是颤抖了一下，忽然女孩子气地把手放在眼睛前面摇了摇。

这个动作表达的，不过是她想要驱赶那笼罩在心头的恐惧的浓云。但此时与人群拉开距离站在马厩前面的杜克·耶特误解了这个动作。看到玛丽举起手时，他笑了一下，不过很快又确定她并没有注意到自己，于是他突然晃了晃头，挥动着手，表示他希望她下楼到街上来，好让他有机会认识她。

*　　*　　*

星期天晚上，玛丽穿过上梅恩，拐进威尔莫特街，那是工人聚居的街道。那年，工厂从芝加哥向西蔓延到草原地带，城镇的第一个迹象出现在亨特斯堡。一个芝加哥家具制造商在这个昏沉的农业小镇上建了座厂房，希望摆脱芝加哥的工人组织给他造成的麻烦。工厂的大部分工人住在小镇北端的威尔莫特街、斯威夫特街、哈里森街和切斯纳特街，住在那些廉价的、粗制滥造的木框架房子里。温暖的夏夜，他们就聚在房前的门廊上，一群孩子在尘土纷飞的街上玩耍。那些穿无领白衬衫的红脸男人要么睡在椅子上，要么四肢张开睡在一片片草皮或房门外的硬地上。工人的妻子也一团团地围在一起，或者在院子之间的栅栏旁边站着闲聊。众多声音平缓流动，如穿过沸腾小街的呢喃河水，时不时会传来一个女人清晰尖厉的声音。

在马路上，两个孩子打了起来。一个体格健壮的红发男孩一拳打在另一个脸色苍白、轮廓分明的男孩肩膀上，把他击倒。其他孩子跑过来了。红发男孩的母亲结束了这场胜负已定的打斗。"住手，约翰尼，我让你住手！如果你不停下，我就把你脖子拧断！"女人大喊道。

苍白的男孩转身离开了他的对手。他在人行道上躲躲闪闪地走着，玛丽·科克伦从他身边经过时，他燃烧着恨意、目光锐利的小眼睛抬起来望向她。

玛丽快步前行。在她自己从小生长的小镇，这些陌生新鲜的地带涌动着生活的喧嚣，不停地搅动和炫示着它自身，对玛丽产生了强烈的吸引力。她本性里有种黑暗暴戾的东西令她在这拥挤的地方感到舒适，这里的生活也是暗沉沉的，充满了厮打与咒骂。她父亲沉默的性情以及有关她父母不幸婚姻的秘密影响了她对本镇居民的态度，让她过着孤独的生活，也让她十分执拗地渴望以某种方式弄清生活中她还不能理解的那些事情。

玛丽的这些思绪背后是一种浓烈的好奇心和大胆的冒险冲动。她就像林中的一只小兽，母亲死在了猎枪下，而她迫于饥饿开始外出觅食。这一年里曾有二十次，她晚上独自出门，走进镇上这块出现不久但迅速扩张的工厂区。她十八岁，看起来有些像个成熟女人了，而且觉得和她同龄的其他女孩不敢一个人在这种地方溜达。这感觉让她有些骄傲，于是她一边前进，一边大胆地四处打探。

威尔莫特街上，那些因为家具制造商而聚集在小镇的男女工人，有许多说外国话。玛丽走在他们中间，陌生的发音令她欢喜。来到这条街，她就觉得是来了小镇，旅行前往陌生的土地。下梅恩街或者小镇东部的居住区住着的都是她早已认识的男男女女，还有商人、职员、律师，以及亨特斯堡更高级的工人，而在那些地方她总感到一种隐秘的敌意。这种敌意不是因为她自己，她非常确定。她很少与人往来，以至于没多少人了解她。"是因为我是我母亲的女儿。"她对自己这么说，因此她很少在和她同阶层的女孩居住的那些地方走动。

　　玛丽频繁到访威尔莫特街，以至于那里许多人都开始熟悉她了。"她是某个农民的女儿，喜欢进城走走。"他们说。一个胯部宽大的红发女人站在屋门口对她点头致意。在另一幢屋子旁边的一条窄窄的草皮上，一个年轻人背靠着树坐着。他抽着烟斗，但当他看到她，他就把烟斗从嘴里拿了出来。她猜想他一定是意大利人，他的头发和眼睛都那么黑黝黝的。"Ne bella! si fai un onore a passare di qua."①，他挥着手，微笑着喊道。

　　玛丽走到威尔莫特街尽头，踏上一条乡村小路。她觉得好像出门和她父亲分别已经很久了，虽然实际上只是走了几分钟而已。道路旁边的小山上有一座废弃的仓房，仓房前面是一个大坑，里面填满烧焦了的木头，而那曾经是一座农舍。一堆石头躺在坑洞旁边，上面满覆着攀爬的藤蔓。在农舍和仓房之间，是一片已被缠结杂草占据的老旧果园。

　　她费力穿过杂草，草间不时有花朵。玛丽在老苹果树下的一块石头上坐了下来。杂草掩盖了她一半的身体，小路上的人只能看见她的脑袋。就这么埋没在草中，她看上去就像一只在高高草丛里奔跑的鹌鹑，忽然听到了什么奇特的声响

————————

①　意大利语，意思是"美人！你经过这儿真是太荣幸了。"

而停了下来,露出脑袋机警地张望。

这位医生家的女儿来过这个果园很多次。果园所在的山脚下就是小镇街道的起点。她坐在石头上,能隐约听见威尔莫特街传来的叫嚷。一段树篱将果园和山上的田地分隔开来。玛丽打算在树下坐到天全黑透,直到她想清楚未来的计划为止。她父亲很快就要辞世的事实似乎既确凿又虚幻,她的头脑无法想象他真正死去的样子。此时,她父亲的死并不意味着一具即将被埋葬的冰冷僵硬的躯体,相反,在她看来,似乎父亲并不是要死,而是要去什么地方旅行。很久以前她母亲也是那么做的。这么一想,她就犹疑着感到一股奇异的轻松。"好吧,"她告诉自己说,"到那个时候,我也应该出发了。我要离开这儿,去看看世界。"玛丽曾有几次和父亲一起去芝加哥待上一天,很快就要去那里生活的想法令她着迷。她脑海中浮现出长长的街道,里面装着千万个陌生人。对她而言,走进这样的街道,在陌生人中间生活,就好像离开干渴的沙漠,走进一片铺满柔软嫩草的清凉森林。

在亨特斯堡,她永远生活在一团阴云之下。现在她已经长成了女人,她向来呼吸着的逼仄窒闷的空气越来越令她无法忍受了。尽管在社区生活中,她的存在并没有遇到什么直接的非难,但她确实感到人们对她有些偏见。她还是个小宝宝的时候,有关她父母的丑闻就流传着。整个亨特斯堡镇都为之耸动。在她孩提时期,人们有时就用嘲讽而怜悯的眼神看着她。"可怜的孩子,太糟糕啦。"他们说。一个多云的夏日傍晚,她父亲去了乡下,而她一个人坐在他办公室窗边的黑暗里,听见街上一男一女说起她的名字。这对男女就在办公室窗户下面黑暗的人行道上跌跌撞撞地走着。"科克伦医生的女儿是个可爱的女孩。"那男人说。女人笑了,回答道:"她长大啦,开始吸引男人了。最好管好你的眼睛。她也会变坏的。有其母必有其女!"

大约十分钟或一刻钟的时间里,玛丽坐在树下的石头上思忖整个小镇看她和她父亲的眼光。"因为这个,我们俩应该更紧密地连在一起。"她对自己说,并好奇那笼罩他们多年的阴云没有办到的事情,即将到来的死亡能否办到。眼下她还不觉得死神将要造访她父亲这件事多么残酷。从某个角度来说,死神似乎是善良宽厚带着好意而来的,死神之手打开了父亲房子的大门,让她能进入生活。带着一点年轻人的冷硬心肠,她首先想到的就是新生活中激动人心的可能性。

玛丽一动不动地坐着。高高的杂草间,被玛丽的到来中断了晚间歌曲的小虫又开始唱歌了。一只知更鸟飞到她靠着的那棵树上,发出一声响亮尖锐的警觉啼声。小镇工厂区的人声悄悄爬上山坡,仿佛提醒人们晚祷的遥远教堂的钟声。女孩胸口似乎有什么东西碎裂了,她用双手蒙住脸,身子轻轻地前后晃动。她流下眼泪,对亨特斯堡鲜活的男女居民产生了一种温热柔软的感情。

然后从路上传来一声叫喊。"你好啊,孩子。"那声音说。玛丽迅速站了起来。她和煦的心情像一缕微风那样消散殆尽,取而代之的是一股滚烫的恼怒。

路上站着的是杜克·耶特,他在马厩前面游手好闲的时候看见她出门去进行那周日晚上的散步,于是就一路跟过去了。当她穿过上梅恩街走进工厂区的时候,他十分自信能够征服她。"她不想让人看见和我走在一起,"他想,"那没问题。她知道我会跟过去,但又不想让她的朋友看见我。她有点高高在上,需要让她放下架子。不过我有什么好怕的?她已经主动出门绕远路给我这个机会,也许她只是害怕她爸罢了。"

杜克爬上小路的斜坡,进了果园,但当他走到那堆被藤蔓覆盖的石头跟前时,他跌了一跤。他站起来笑了。玛丽并不期待他走到自己身边来,但还是迎了过去,当他的笑声打破笼罩果园的沉寂,她大步上前,用张开的手掌给了他一耳光。然后她转身向小路跑去,他的脚还缠在藤蔓里。"如果你再跟着我,跟我搭讪,我就会让人杀了你!"她喊道。

　　玛丽沿着小路下山走回威尔莫特街。在小镇上流传多年的有关她母亲的故事，曾经零星进入她的耳朵。据说，很久以前的一个夏夜，她母亲和一个常在巴尼·史密斯菲尔德马厩前晃荡的年轻混混一起私奔了。现在另一个年轻混混也想追求她。这个念头令她气恼。

　　她脑子里琢磨着，想方设法用更彻底的手段教训一下杜克·耶特。她急中生智，想到了她已经病衰快要死去的父亲。"我父亲就想找个机会干掉你这种家伙。"她转头朝着那个年轻人叫道。他已经摆脱了藤蔓，上了小路跟随她走来。"我父亲就想干掉某些人，为了镇上人说的那些关于母亲的谣言。"

　　玛丽太想恐吓杜克·耶特了，她近乎失去了理智，她立即为此感到羞愧，于是快步走去，泪如雨下。杜克低着头跟在她身后。"科克伦小姐，我真的没有恶意，"他解释道，"我不想伤害你。别告诉你父亲了。我只是想逗逗你。我跟你说了我没有恶意。"

　　　　　　　　　＊　＊　＊

　　夏夜的天光暗淡下去了。那些一团团站在昏暗门廊里，或站在靠近威尔莫特街的栅栏旁边的人们，他们的脸庞看上去就像一个个反光的小椭圆形。孩童的声音压低了,他们也一团团地站着。玛丽经过时,他们都安静下来,抬头盯着她看。"那位小姐住得不远。她应该算是邻居吧。"玛丽听见一个女人用英语说。她回头时,却只看到一群深色皮肤的男人站在一座房子前面。房子里传来女人哄孩子入睡的歌声。

那个之前跟她打过招呼的意大利年轻人,此时沿着人行道快步迈进漆黑夜色,显然也开始了属于他自己的周日夜晚之旅。他穿上了周日才穿的行头,戴着礼帽,穿着白色硬领衬衫,配了一条红色领带。在闪亮的白色衣领衬托下,他棕色的皮肤看起来几乎是黑色的。他孩子气地笑了笑,有些笨拙地脱帽致意,但没开口说话。

玛丽一边在这条街上走,一边不停地回头看,确保杜克·耶特没跟过来。在暗淡的光线下,她根本看不见他的影子。她激愤的心情平息了。

她不想回家,又觉得去教堂已经太迟了。上梅恩街有个路口,通往一条向东伸去的短街,那条街沿着陡峭的山麓下降,直到一条小河的桥头,那就是小镇在这个方向上延伸的尽头了。她就沿着这条街走去,站在桥上,沐浴着渐渐熄灭的光线,看两个男孩在河边钓鱼。

一个穿着粗劣衣服的大块头男人也沿着那条街走来,停在桥上和她搭话。这是她头一次听镇民谈起对她父亲的印象。"你是科克伦医生的千金吧?"他迟疑地问,"我猜你不认识我,但你父亲认识。"他指了指那两个坐在野草丛生的河岸上握着渔竿的小男孩,"那是我的两个儿子,我还有另外四个孩子。"他说,"还有个男孩和三个女孩。有个女儿在商店里工作。她和你一样大呢。"他又解释了一番他和科克伦医生的往来。从前他是个雇农,他说,最近才搬到城里来给家具厂做工。上个冬天,他病了很久,也没有钱。他卧床不起时,他的一个儿子从谷仓阁楼摔了下来,脑袋上留下了很深的伤口。

"你父亲每天都来看我们,还把汤姆的头缝好了。"那个工人转过头去不看玛丽,他手里攥着帽子,看着远处的男孩们,"我一贫如洗,你父亲不仅照顾我和我的儿子,还给了我们两口子钱,让我们能从镇上买食物和药。"那男人的声音如此低沉,玛丽必须侧过身去才能听清他的话。她的脸快要挨着他的肩膀了。"你父亲是个好人,但是我觉得他好像不太开心,"他接着说,"后来我儿子和我都恢复了,现在我在城里工作,但他不愿意让我付给他钱。'你知道怎么和孩子还有妻子好好生活。你知道怎么让他们幸福。收好你的钱,把钱花在他们身上吧。'他就是那么对我说的。"

工人过了桥,往两个儿子钓鱼的地方走去。玛丽靠在桥的栏杆上,望着下面缓缓流淌的河水。桥下面的阴影几乎是全黑的,她想,她父亲就是这么度过了一生。"就像一条小溪,总是在阴影中流淌,永远见不到阳光。"她这么想着,对于自己也可能在黑暗中度过一生的恐惧占据了她的心。她忽然涌起新一重对父亲的爱,她幻想着他拥抱着自己。她还是个小孩时,常常希望父亲伸手抱她,现在这种幻想又回来了。她久久地望着河面,决定要在这天晚上结束前努力让这个萦绕多年的愿望实现。当她再次抬头,那个工人已经在河边用树枝燃起了一团小小的篝火。"我们在钓大头鱼呢,"他喊道,"火光能把它们吸引过来。如果你想过来试试钓鱼,小家伙们会借你一支钓竿的。"

"哦,谢谢你,今晚我就不去了。"玛丽说,她害怕自己会立刻哭起来,害怕那男人再跟她说话时她没法回答,于是急忙离开了。"再见!"男人和两个男孩答道。这句话从三个人喉咙里自动地同步发出,形成了小号一般尖锐的音效,如一声欢呼穿过她沉重的愁绪。

* * *

当女儿玛丽出门游逛,科克伦医生一个人在办公室里坐了一小时。天渐渐黑下去,街对面那些整个下午都坐在马厩前面的椅子和箱子上的男人纷纷回家吃晚饭了。喧嚣渐渐平息,有时五分钟或十分钟里都是寂静一片。从很远的某条街上传来小孩的哭声。这时教堂开始敲钟了。

医生不算是非常讲究的人,有时好几天都忘了刮胡子。他伸出瘦长的手摸了摸新长出来的胡子。他的疾病甚至比他自己承认的情况还要严重,他的灵魂开始渴望脱离身体。他这样坐着的时候常常把手放在大腿上,他像孩子一样入神地看着双手。他觉得这双手就好像是属于别人的。他变得有点哲学了。"我身体这点很奇怪。我在这身体里住了这么多年,可是用它的时候却很少。现在它要死去,腐烂,却从未被使用。我在想,为什么它不去找另外一个房客呢,"想到这儿他悲哀地笑了,但继续遐想,"我琢磨和人有关的事够多了,我也使用着我的嘴和舌头,可是现在我让它们无所事事。当我的埃伦和我住在一起时,我让她觉得我非常冷漠,无动于衷,我体内有某种东西紧绷着,并且挣扎着想要脱开束缚。"

他记起自己年轻的时候,常常和妻子沉默地并肩坐在一起,就坐在这间办公室里。他极端渴望伸出手去,穿过他们之间狭小的空隙,触碰她的手,她的脸和头发。

好吧,镇上每个人都预测他的婚姻会遭遇不幸!他的妻子曾是演员,跟随一个公司来到亨特斯堡,然后就留在这里了。那时她病了,也没有钱支付宾馆的房费。年轻的医生料理了这件事,当女孩开始康复,他就驾着自己的马车带她去乡下兜风。她生活不易,在这座小镇落脚过宁静生活的想法吸引了她。

他们结婚了,小孩出生后,她突然有天发现自己无法再和这个沉默冷淡的男人继续生活。有传言说她和一个酒馆老板的儿子跑了,那年轻人也同时从小镇销声匿迹。不过这传言不是真的。是莱斯特·科克伦自己把她送到芝加哥去的,她在一家公司找了工作,那公司会去很远的西部州。然后他把她送到宾馆门口,把钱塞进她手里,沉默地转身离去,连告别吻也没有。

医生坐在办公室里,重新回想起那个时刻,还有其他那些虽然内心感到激动,表面上他却冷淡平静的紧张时刻。他不知道那女子是否明白这一切,他不知多少次地问自己这个问题。自从在宾馆门口分开之后,她就再也没写信来。也许她已经死了,他第一千次这么想。

一年多来,偶尔会发生一种情形:在科克伦脑海中,他记忆中妻子的形象和他女儿的形象混淆了。这种时候,他试图把两个形象分开,让她们彼此独立存在,但他做不到。他微微扭过头,仿佛看到一个小女孩般的白色身影从一扇门进来,来到他和他女儿住的房子。门漆成白色,敞开的窗户外吹来一阵微风,把门吹得轻轻摇动。风静谧缓慢地穿过房间,角落的书桌上有些纸页被风吹动。一阵低弱的窸窣声,像女人的衣裙。医生颤巍巍地站了起来。"到底是谁?玛丽,还是埃伦?"他嘶哑地问道。

从街面通向办公室的楼梯上传来一阵沉重的脚步声,大门被打开了。医生虚弱的心脏颤抖了一下,他猛地坐回椅子里。

一个男人走进屋子。他是个农民,也是科克伦医生的病人之一。走到屋子中央,他擦燃一根火柴,举到头顶然后大喊:"您好!"医生从椅子里站起来回应他,他吓了一跳,手中的火柴掉在地上,在他脚边半明半暗地亮着。

这年轻的农民有双结实的腿,就好像支撑沉重建筑的两根石柱,火柴在他双脚之间的地板上燃烧,微弱的火苗在轻风中抖动。医生迷惑的头脑还不愿将他的幻想清除出去,现在幻想又借这新的一幕延续下去了。

他忘记了这农民的存在,思绪飞快回转到他刚结婚的时候。墙上闪烁的火光让他想起另一种跃动的光线。他结婚第一年夏天的一个下午,他和妻子埃伦一起驾着马车到乡下去。

那时他们在置办家具,在一个农民家里,埃伦看见一面不再有人使用的老镜子在一个棚屋靠着墙立着。因为镜子的样式有些古雅,她看中了这面镜子,那家的女主人就把镜子送给她了。他们回家路上,年轻的妻子告诉丈夫她有了身孕。医生从没有那么兴奋过。妻子驾车,他就把镜子放在膝盖上坐着。当她告诉他将要有孩子的消息时,她转头朝田野看去。

在这生病的男人心中,那个场景被铭刻得多么深!路边的玉米和燕麦苗映着不断滑落的夕阳。这片土地是黑色的,道路时不时穿过短短的行道树林,在渐渐暗淡的光线下那些树看起来也是黑的。

他膝头的镜子反射着将要落下的太阳的光芒,在田野和树枝上投映出一团跳动的金光。现在,他站在这农民面前,地上火柴发出的微光令他想起同样有着跃动光芒的那个夜晚,他想他已经理解了他婚姻的失败和他人生的失败。就在多年前的那个晚上,当埃伦告诉他那即将到来的惊喜时,他一言不发,因为他不知道说什么来表达他的感受。那时他找到了为自己辩护的理由。"我对自己说,我不说她就应该明白,而且我一生都以同样的方式对待玛丽。我很蠢,还很懦弱。我永远这么沉默,因为我害怕表达自己——就像一个十足的白痴。我太高傲,也太怯懦。

"今晚我一定要改变。即使那会要了我的命，我也要对女儿说。"他大声说道，他的思绪回到了女儿身上。

"嘿！说什么呢？"那农民手里拿着帽子问道，他准备说明来意。

医生从巴尼·史密斯菲尔德的马厩里牵出自己的马，驾着马车去乡下接诊农民那快要第一次分娩的妻子。她很瘦，髋部窄小，那孩子个头却很大，但医生意志坚定。他拼了命地帮助她生产，而她充满恐惧地呻吟挣扎。她丈夫不断进出她的房间，两个邻家妇人静静地站在一旁等着做帮手。已经过了十点，一切都解决了，医生打算回城里去。

农民牵出医生的马，把它带到门口。医生赶着马车回去了，一路上奇怪地觉得自己既虚弱又强大。他刚刚完成的事现在看来多么容易。也许当他到家时她女儿已经睡了，但他会叫她起来去办公室，然后他将把自己的婚姻和并不令他蒙羞的失败原因全部告诉她。"我的埃伦身上有非常可爱也非常美好的东西，我必须让玛丽知道这些。这也会让她长成美丽的女人。"他这样想着，对自己的打算充满信心。

他到达马厩门口时是晚上十一点，巴尼·史密斯菲尔德和年轻人杜克·耶特，还有另外两个男人在那儿坐着聊天。马厩主人把马领进黑暗的马厩里，医生斜靠着墙站了一会儿。

小镇的守夜人和这伙人站在马厩门口,他和杜克·耶特吵了起来,但医生根本听不见那些来回抛掷的咒骂字眼,也没听见杜克对愤懑的守夜人发出的大声嘲笑。他心中充满了一种古怪的迟疑。

他曾满怀热情地想要做某件事,可是他不记得了。是和他妻子埃伦或者女儿玛丽有关的事吗?两个女人的形象在他脑子里又混淆了起来,还有第三重形象加剧了这种混淆,那就是刚刚他接生的那个女人。一切都暧昧不清了。他过了马路,朝他办公室的楼梯口走去,突然在路中间停了下来,四周打量。巴尼·史密斯菲尔德把他的马领回它的隔间,关上了马厩大门,一只灯笼悬在门上来回摇晃。灯笼光线投下荒诞的影子,在马厩外墙前争吵的男人脸上和身上不停跳动。

* * *

玛丽坐在医生办公室的窗前等他回来。她深深沉浸在自己的思绪里,以至于没有意识到街上有杜克·耶特和其他人说话的声音。

当杜克·耶特刚走进这条街,晚上早些时候她感到的滚烫怒火又回到了她的心头,她仿佛又一次看见在果园边上他朝自己走过来,眼睛里带着男性的傲慢,但眼下她已经把他忘了,只想着她父亲。她想起童年的一件事,再次感到不安。玛丽十五岁那年,五月的一天下午,父亲叫她陪他一起去乡下。医生要去 5 英里之外的农舍诊治一个生病的女人,因为下过很大的雨,道路泥泞难行。他们到达那户农民家里时天都黑了,于是他们去厨房,坐在餐桌前吃了点冷食。由于某种缘故,那天晚上他父亲表现得有些孩子气,还有几分开心。路上他也开口说了些话。尽管玛丽那时年纪还小,可已经长得很高,样子也有些像成熟女人了。他们俩在厨房吃完冷餐后,一起在农舍转了转,然后她坐在一个窄窄的门廊上。片刻间她父亲站在她跟前,他把手放进裤子口袋,头往后仰着,几乎是抑制不住地笑了起来。"一想到你快要变成女人了就觉得有些奇怪,"他说,"当你真的长大成了女人,你觉得会发生什么呢,嗯?你想要过什么样的生活?你会遇到什么事?"

医生坐下来,和她并排坐在门廊上。有一刻她觉得他就要伸出手臂搂住她了。但他站了起来,走进了屋子,让她一个人坐在夜色里。

当玛丽记起这件事,她也记起那天晚上她发现父亲愈发沉默了。仿佛在她看来,他们俩过着这样的生活,要怪她而不是她父亲。她在桥上遇到的那个农场工人可没有感受到她父亲的冷淡。那是因为对于曾在病痛和困厄中帮助过自己的医生，那工人自己也抱着热情慷慨的态度。她父亲说过，那工人懂得该怎么做父亲，玛丽也记得她离开那座桥走进黑暗时，河边垂钓的两个男孩带给她怎样的温暖。"他们的父亲明白如何做父亲，是因为他的孩子也知道如何做儿子。"她负疚地想。她也应该尽到做女儿的责任。就在这个夜晚过去之前，她要做到这一点。还是在多年前的那个夜晚，当她和父亲并肩驾着车回家，他试图打破他们之间的隔阂，但失败了。大雨后，他们要渡过的河涨得很高，快到小镇时，他让马停在木桥上。马紧张不安地乱踢，父亲紧紧地拉住缰绳，时不时对马说话。桥下高涨的河水发出巨大的咆哮，路旁一片宽阔的田地里淤积着一片雨水。当时月亮破云而出，风刮过水面吹起细细的浪涛。田里的积水上覆盖着一层跳动的光斑。"我要跟你说说你母亲和我的事情。"她父亲声音嘶哑地说，但那时桥上的木板开始危险地开裂，马忽然向前冲去。当父亲再次驾驭住这受惊的牲口，他们已经来到小镇街道了，他缄默寡言的本性再次占了上风。

玛丽坐在办公室窗前看见她父亲的马车驶进街道。他的马拴好后，他没有像往常那样立即上楼，而是在黑暗中的马厩门口徘徊了一会儿。有一刻他试图过街，却又退回黑暗里。

那几个坐着静静交谈了两个小时的男人忽然开始了争吵。小镇守夜人杰克·费希尔给其他人讲了内战中他参与过的一次战役，但杜克·耶特开始取笑他。守夜人生气了。他抓起警棍，生气得哆哆嗦嗦。杜克·耶特洪亮的嗓音切断了被他嘲讽的可怜人刺耳愤怒的嗓音。"你应该在侧翼作战，我告诉你，杰克！啊，是的没错，你应该从侧面袭击南军，当你从侧面干掉他，你就能把那帮玩意打个稀巴烂！如果是我就会那么做！"杜克喊道，尖厉地笑着。"你，你只会弄砸一切。"守夜人回答道，带着无能为力的怒气。

老兵沿着街走开了，留下杜克和同伴的笑声。巴尼·史密斯菲尔德拴好了医生的马，把马厩门关上了。一只灯笼在门上来回摇晃。科克伦医生再次穿过马路，走到楼梯口的时候，他转身对那些男人说："晚安了！"他快乐地喊道。一绺头发随着夏夜轻风拂过玛丽的面颊，她一下子跳了起来，就好像黑暗里有一只手碰了她一下。她曾无数次看过父亲晚上驾马车回家，但他从没有对马厩前面那些闲人说过一句话。她几乎相信上楼来的那个人不是原来的父亲而是另一个男人了。

迟缓沉重的脚步在木质楼梯上发出响亮的撞击声，玛丽听见父亲把他总是带在身上的小医药箱搁在地上。男人心中依旧洋溢着奇异强烈的喜悦,但他的脑子里却是一团纠缠的乱麻。玛丽能想象出他站在门廊里的暗淡身影。"那个女人生了个孩子。"门外平台上传来兴奋的嗓音,"到底是谁遇到这喜事了呢? 是埃伦,是那个女人,还是我的小玛丽?"

忽然一连串责问的言语从男人嘴里吐了出来。"是谁有了孩子? 我倒想知道。是谁有了孩子? 人生可没有什么好结果。为什么总有孩子生出来?"他问。

医生又发出一声大笑,玛丽向前倾了倾身子,抓住了椅子扶手。"孩子生出来了,"他重复着,"多奇怪,死亡一直站在我身边,我的手却用来给人接生?"

科克伦医生重重地踏了踏平台地板。"为了等待从生命中诞生的生命,我的脚变得又冷又僵了,"他沉重地说,"那女人挣扎了好久,现在轮到我挣扎了。"

踩踏的声响和病人疲惫沉重的宣言结束了,现在是寂静。楼下街道上传出杜克·耶特又一声响亮的大笑。

接着科克伦医生向后倒去,从窄窄的楼梯上滑了下去。他没有大叫,只有他的鞋子在楼梯板上发出的踢踏声和微弱的身体坠落的响声。

玛丽在椅子前面一动不动。她闭着眼睛等待着,她的心狂跳。无边无际包纳一切的虚弱感将她攫住,一阵情感的细浪从脚底直穿到头顶,如同有着软毛细足的小生物爬过她全身。

是杜克·耶特把咽了气的男人搬上楼去,把他安置在办公室后屋里的一张床上。有个和杜克一起坐在马厩前面的男人过来给他帮忙,他紧张地把手抬起又放下,指尖还夹着一支忘了抽的烟,烟头的火光在黑暗里不停地跳动。

垂垂老矣

那是个老人，他坐在肯塔基一个小镇火车站的台阶上。

有个穿戴体面的男人，像是从大城市来的旅行者，他朝那老人走过去，站在他面前。

老人觉得有些不自在。

他的笑容看起来就像一个很小的小孩。他的脸颊凹陷、布满皱纹，巨大的鼻子更加突出。

"你咳嗽吗，感冒了吗，有没有肺病或者出血症？"他问。

陌生人摇摇头。老人站了起来。

"出血是非常讨厌的毛病。"他说。他从齿间伸出来的舌头打着战。他把手放在陌生人肩头笑了笑。

"好啊好啊，"他感叹道，"我能治所有这些病——咳嗽、感冒、肺痨、出血症。我能除掉手上的疣子——没法解释我是怎么做的——这很神秘——而且我不收钱——我叫汤姆——你喜欢我吗？"

陌生人很和善。他点点头。老人开始怀旧了。"我父亲是个硬汉，"他说，"他和我一样是个铁匠，但他戴着礼帽。玉米长得很高了以后，他跟穷人说：'去地里收玉米吧。'等战争开始后，他把玉米卖给富人，一蒲式耳要 5 美元。

"我结婚是违背他意愿的。他过来跟我说：'汤姆，我不喜欢那个女孩。'

"'但我爱她。'我说。

"'但我不。'他说。

"父亲和我坐在一根原木上。他是个英俊的男人，还戴着礼帽。

"'我会领结婚证的。'我说。

"他说：'我一分钱也不会给你。'

"结婚花了我 25 美元——我在玉米地干活赚钱——那天下着雨，马都看不清东西了——职员说：'你过了二十一岁吗？'我说'是的'，她也说'是的'。我们在鞋子上用粉笔写下了'是的'。父亲对我说：'我给了你自由。'我们没钱。我们结婚花了 25 美元。她已经去世了。"

老人望向天空。这时是傍晚了，太阳已经落山。天空星星点点地散落着灰云。"我画过很多漂亮的画，都送人了。"他说,"我兄弟在坐牢。有个人用难听的话骂他,他就把那人杀了。"

衰朽的老人把手举到陌生人面前。他摊开手又合上,手黑黑的,满是尘垢。"我能拔掉疣子,"他悲哀地诉说着,"它们就像你的手那么柔软。"

"我还拉手风琴。你三十七岁吧。在监狱里,我曾坐在我兄弟身边。他人很漂亮,梳着背头。'艾伯特,'我说,'你后悔杀了人吗?''不,'他说,'我一点也不后悔。我还会杀十个,一百个,一千个人!'"

老人开始啜泣,他用一张脏污的手帕擦拭着双手。他试图吃点嚼烟,但假牙错了位。他难为情地用手捂住嘴巴。

"我老了。你才三十七岁,我比你老。"他喃喃自语。

"我兄弟是个坏人——他充满仇恨——他很漂亮,梳着背头,但他想不断杀人。我讨厌变老——我为自己这么老而感到羞耻。

"我又娶了个漂亮妻子。我给她写过四封信,她回信了。她到我这儿来,我们结婚了——我喜欢看她走路的样子——哦,我给她买了些漂亮衣服。

"她的脚不太直——是扭曲的——我第一个妻子死了——我用手指把手上的疣子拔掉,一点血没流——我能治咳嗽、感冒、肺痨、出血症——人们会给我写信，我给他们回信——如果他们不付钱，也没关系——一切都是免费的。"

老人又哭了，陌生人试图安慰他。"你是个乐观的人吗？"那男子问。

"是啊，"老人说，"也是个好人。你可以去随便什么地方打听我——我叫汤姆，一个铁匠——我妻子走路姿态优美，虽然她有只跛脚——我给她买了一条长裙——她三十岁，我已经七十五了——她有很多双鞋子——我给她买的鞋子，但她的脚也是扭曲的——我买的鞋子都是给直直的脚穿的——

"她以为我不知道——人人都以为汤姆不知道——我给她买了条长裙，一直拖到地上——我叫汤姆，一个铁匠——我已经七十五岁了，我讨厌变老——我把疣子从手上拔掉也没流血——人们和我写信往来——都是免费的。"

穿棕色外套的男人

拿破仑骑马参加战斗。

亚历山大骑马参加战斗。

格兰特将军①下马走进森林。

兴登堡将军②站在山上。

月亮从灌木丛后升起。

*　　*　　*

我正在撰写人类建功立业的历史。我已经写下了三部这

---

① 尤利西斯·辛普森·格兰特（Ulysses Simpson Grant, 1822—1885），美国陆军上将，第十八任美国总统。
② 保罗·冯·兴登堡（Paul von Hindenburg, 1847—1934），德国陆军元帅，魏玛共和国第二任总统。

样的历史书,但我还是个年轻人。我已经写了三四十万字了。

我的妻子待在这幢房子的某处,而我在这儿坐着写了几个钟头。她是个高个子,黑头发开始有点灰白了。听,她正轻轻踏上一段楼梯。她整天在房子里悄声地走来走去,打理家务。

我是从艾奥瓦州另一个小镇来到这个小镇的。父亲是工人,给房子刷漆的油漆工。他没像我这样出人头地。我读完了大学,成了历史学家。我现在所在的房子是我们买下的。这就是我工作的房间。我已经写完了三部有关人类民族的历史。我讲述了国家形成的故事,战争发展的过程。你会看到我的书挺立在图书馆书架上。它们就像哨兵那样笔直。

和妻子一样,我也是个高个子,微微驼背。虽然我写作时很大胆,性格却有些羞怯。我喜欢一个人关上门在这个房间里工作。这儿有一大堆书。不同国家在这些书里进攻、撤退。四周很安静,但那些书里滚动着雷霆。

* * *

拿破仑骑马下山参加战斗。

格兰特将军走进森林。

亚历山大骑马下山参加战斗。

*　*　*

我妻子有一张冷峻甚至严厉的脸。有时想到她，我会冒出一些让自己也吓一跳的想法。下午她会出门去溜达一下。有时候她去商店，有时候是去拜访邻居。我们的房子对面是一座黄房子。我的妻子会从侧门出去，穿过两座房子之间的那条小街。

侧门砰的一声关上了。我等待片刻。妻子的脸在画面的黄色背景上飘过。

*　*　*

潘兴将军①骑马下山参加战斗。

亚历山大骑马下山参加战斗。

---

① 约翰·潘兴（John Pershing, 1860—1948），美国军事家、陆军特级上将，在"一战"期间任美国驻欧洲远征军司令。

＊　　＊　　＊

那些小事在我脑中越来越巨大。我书桌前的窗户留出了一片带框的空白，就像一幅画。每天我都坐着凝视。我等待着，带着那种有什么事将要发生的奇怪感觉。我的手在颤抖。从画面上飘过的那张脸造成了一些我无法理解的事。面孔飘浮，然后停住。它从右边飘到左边，然后停住。

那张脸来到我脑海中，接着又离去——它飘浮在我脑中。钢笔从我手指间掉落。整个房子都很安静。飘浮的脸上，那双眼睛不再盯着我看了。

我的妻子原本是个俄亥俄州小镇的姑娘，后来来了这个小镇。我们有仆人，但她常常亲自扫地、亲自给我们睡的那张床整理床铺。晚上我们总是坐在一起，但我不了解她。我不能挣脱我自己的界限。我穿着棕色外套，没法从套中挣脱。我不能变得更外向一些。妻子非常温柔，总是轻声细语，但她也不能完全地表达她自己。

我妻子从房子里走了出去。她并不知道，我了解她生活中每个微小的思绪。我知道当她小时候走在俄亥俄州的小镇街道上脑子里想些什么。我听见了她脑中的声音。那些微弱的声音。当她第一次忽然涌起热情钻进我怀中,我听到她脑中发出了恐惧的叫喊。当我们刚刚搬进这新房,在新婚第一夜坐在一起,勇敢的话语从她唇中吐出,但同时我也再次听见那恐惧的声响。

如果我像现在这样坐在这儿,但我的脸却从窗框和黄房子形成的画面中飘过,那一定非常古怪吧。如果我能见到我妻子,来到她面前,那会是多么古怪而美妙的事。

刚刚从我的画面上飘过的脸庞属于那个对我一无所知的女人。我对她也一无所知。她沿着小街走远了。她脑中的声音纷纷发言。我却坐在这房间里,正如上帝创造的任何人类那样孤身一人。

如果我能从画面里看到自己的脸飘过,那一定非常古怪而美妙吧。如果我飘浮的脸和她相遇,也能和任何男人或女人相遇了——那一定是非常古怪而美妙的事。

* * *

拿破仑骑马参加战斗。

格兰特将军走进森林。

亚历山大骑马参加战斗。

*　　*　　*

你知道吗——在我脑中，有时整个世界的全部生活都飘浮在一张脸上。世界的无意识的面孔忽然停下，在我面前静止。

为什么我不对其他人谈起我自己呢？为什么，在我们共同生活这么久的日子里，我从未对妻子打开心扉？

我已经写了三四十万字了。难道这里面没有一句话能够带我踏入生活？有一天我只会跟自己交谈。有一天我会把遗产留给我自己。

兄弟们

正是十月下旬,我在我乡下的屋子里。下雨了。屋子后面是一片树林,前面有条路,更远的地方是开阔的田野。这个村子属于低矮的丘陵地带,山地在某处忽然摊开,变成平原。大约20英里之外,在那片平阔的乡野后面,就是超大城市芝加哥。

这个雨天,黄色、红色和金色的叶子像雨一样从我窗前那条道路两旁的树上沉甸甸地径直坠落。它们被粗狂的雨水打落,失去了最后一次金光闪烁划过天际的机会。十月的落叶应该被风吹走,跨越平原。它们本该在翩翩起舞中离去。

昨天早上,破晓时分我就起床出门散步。雾气很重,我难辨方向。我走进平原又回到山上,无论走到哪里,浓雾都像墙一样堵住我。你会忽然遇到一些树在雾中奇形怪状、旁逸斜出,就像深夜城市街道上有人忽然从黑暗中冒出来走进路灯

下的光亮里。高处的日光正试着缓慢地挤进浓雾。雾气缓缓
飘移。树冠轻轻摇摆。树木下方的雾气十分稠密，显露出紫
色，仿佛工业城市的大街小巷萦绕着的那种烟雾。

雾中，一个老人向我走来。我早就认识他。这里的人都
说他脑子不太正常。"有点疯癫。"他们说。他一个人住在树
林深处的一座小房子里，总抱着一只小狗。有许多个早上我
都能在路上碰到他，他跟我讲起他的那些兄弟姐妹、表亲、姨
妈姑妈、叔叔伯伯和连襟。他没法结交近在咫尺的人，于是就
用他在报纸上看到的名字编起故事来。有天早上他说他和一
个叫考克斯的人是表兄弟，而眼下当我写下这个故事时，这个
考克斯是总统候选人。另一天早上他告诉我歌手卡鲁索和他
是连襟，"卡鲁索的妻子和我妻子是姐妹"，一边说一边搂紧小
狗。他抬起泪汪汪的灰眼睛恳求地盯着我。他希望我相信
他。"我老婆是个苗条漂亮的姑娘，"他声称，"我们住在一座
大房子里，每天早上手牵手漫步。现在她的姐妹嫁给那个歌
手卡鲁索了。现在他是我的亲戚啦。"

我纳着闷走远了，因为有人对我说过这个老人从未结婚。
九月初的一天早上，我看见他在房子附近的小道边一棵树下
坐着。小狗对我大叫，接着跑向主人，钻进了他的怀抱。当
时，芝加哥的报纸上到处都是某个百万富翁和女演员闹出绯

闻然后和妻子闹掰的故事。这老人告诉我那个女演员就是他妹妹。他六十岁了，但报纸上说的女演员才二十岁。然而他讲到了他们共度的童年时光。"如果你现在看到我们俩，你不会想到我和她是兄妹。但是从前我们都很穷。"他说，"是真的。我们住在山上一座小房子里。一旦有暴风雨，风几乎能把我们的房子刮跑。那大风多可怕啊！我父亲是木匠，能为别人建造坚固的房子，却没把我们自己的房子建造得多么结实！"他悲伤地摇着头，"那个女演员妹妹有麻烦了。我们的房子建得不太结实。"我沿小路离开时他还念叨着。

*　　*　　*

有一两个月的时间，每天早上都送到我们村子来的芝加哥报纸上充斥着有关一桩谋杀案的新闻。当地有个男人杀了他的妻子，然而看起来没什么作案动机。报纸上的故事大概是这么说的：

此时正在法庭受审的这名男子无疑会面临绞刑，他原本在自行车制造厂工作，是个工头。他和他妻子还有岳母一起住在32街的一幢公寓里。他爱上了自己供职的那家工厂办公室的一个女孩。她是从艾奥瓦一个小镇来的，刚来这个城市时,她和她后来去世了的姑母住在一起。对于这位灰眼睛、看起来非常冷峻的大个子工头来说,这女孩是世界上最美的女人。她的桌子挨着一面从某个角度斜望工厂的窗户,大概是厂房的附楼。工头的桌子在厂房里,也挨着窗户。他坐在桌前填写记录他部门每个工人工作量的表格。他抬头就能看到那个坐在桌前工作的女孩。他没打算接近她或者追求她。他看着她,就像一个人看星星那样,就像在树叶纷纷染成红色金色的十月眺望低山中的乡村。"她如此纯真,如此贞洁,"他朦朦胧胧地想到,"她坐在窗边工作时脑子里会想些什么呢?"

在工头的幻想中,他把这艾奥瓦女孩带回了32街,带回家中,和妻子还有岳母碰了面。在工厂的整个白天和在家的整个晚上,他脑子里都萦绕着她的身影。当他站在自己家窗前,望向外面的伊利诺伊中央铁路和更远处的湖水,他感觉那女孩也在他身边。楼下街上有女人走来走去,他看见的每个女人都有些和艾奥瓦女孩相似的东西。一个女人走路的姿态像她,另一个女人的手势让他想起她。除了他的妻子和岳母,所有的女人看起来都像他心里装着的那个女孩。

他自己房子里的两个女人让他感到困惑、迷茫。突然间,她们都显得非常讨厌和平庸起来。特别是他的妻子,她就像是寄生在他身上的某种奇怪而丑陋的生物。

晚上结束工厂一天的工作后,他回到家里吃晚饭。他向来沉默,不说话的时候也没人觉得奇怪。晚饭后他和妻子去看电影。他们已经有两个孩子,妻子还怀着一个。他们回到公寓坐下来。爬两层楼梯害得他妻子气喘吁吁。她在她母亲身边的一张椅子上坐下,疲倦得呻吟起来。

妻子的母亲是个善良的人。在这家庭中,她充当着仆人的角色,而且从未有过酬劳。当她女儿想去看电影,她就挥手笑笑。"去吧,"她说,"我不想去。我宁可坐在这儿。"她坐着看书。九岁的小儿子醒来,哭泣。他想上厕所。外婆负责照顾他这些事。

当夫妻俩回到家里,他们三个人就这么沉默地坐上一两个小时,直到上床睡觉。男人假装读报纸。其实他是盯着自己的手看。尽管他仔细地洗了手,自行车架上的润滑油还是在指甲下面留下了黑色污迹。他想到了艾奥瓦女孩和她那双在打字机按键上跃动的白皙灵巧的手。他觉得自己脏,觉得不舒服。

那个女孩知道这位工头爱上了自己,不免因此有些兴奋。自从姑母死后,她就住进了一间出租屋,晚上总是无事可做。虽然并不真的在乎工头,但她觉得也能在某个层面利用他。对她而言,他就是一个象征。有时他走进办公室来,在门口驻足片刻。他的大手上满是黑色的润滑油。她抬头看他,但是并没有真的看见他。在她想象中站着的是一位瘦瘦高高的年轻人。在工头身上她只看见那双灰眼睛里开始燃起一种怪异的火焰。他的目光散射出热情,一种卑微而虔诚的热情。在有这种目光的男人面前,她觉得自己没什么可害怕的。

她渴望一个带着这种目光出现在她身边的爱人。偶尔,也许两周一次,她会在办公室里待得晚一点,假装还有活没干完。她透过窗户看到工头在等待。等所有人都下班了,她收起桌子走上街头。就在同一时间,工头也从工厂大门里走了出来。

他们沿着街并肩走过大概六个街区,直到她上车的地方。工厂所在的地方叫南芝加哥,他们走着走着天就黑了。街道两旁都是没上油漆的木框架房子,脸蛋脏脏的孩子们在尘土飞扬的马路上大叫着奔窜。他们一起过桥。两艘运煤船在河水中腐烂。

他走在她身旁显得更加高大,他正努力把手藏起来。离开工厂之前,他仔细地把手擦洗干净,但他觉得这双手还是像晃荡在他身旁的两块沉重肮脏的废料。他们只有几次走在一起,而且就是一个夏天的事。"真热啊。"他说。他只和她说天气,不说别的。"真热啊。"他说,"我想,快下雨了吧。"

她幻想着有一天将会到来的爱人,一个英俊的高个子年轻人,富有,拥有许多房屋和土地。走在她身旁的这个工人和她对爱的想象毫不相干。她之所以和他一起走,在下班后待到其他人都离开、在没有人注意的时候和他并肩而行,是因为他那双眼睛,因为他目光中既热切又谦卑、愿意臣服于她的那种神情。和他在一起没什么危险,也不可能有危险。他从来不会靠得太近,不会伸手碰她。和他在一起,她是安全的。

晚上,这个男人和他的妻子还有岳母一起坐在他的公寓里。在隔壁房间,他的两个孩子正在熟睡。很快他妻子就要生第三个孩子了。他和她去看了电影。很快他们就要一起上床入睡。

他会醒着躺在床上,他会听见另一个房间里岳母在床上辗转反侧,把床垫的弹簧弄得嘎吱作响。生活一览无余。他带着某种渴望醒着,期待着——期待什么呢?

什么也没有期待。这时,他的一个孩子哭了起来。他想去上厕所。没有什么奇特的、非同寻常的或者美妙的事情将要发生或者可能发生。他的生活严丝合缝,一览无余。这间公寓里不会有什么让他激动的事情：他妻子要说的话，她偶尔无意中流露的热情，他岳母充当仆人却不求回报的宽厚脾性……

他坐在公寓里，在电灯的灯光下假装读报——他在想。他看看自己的手。手很大，走了形，典型的工人的手。

艾奥瓦女孩的身影在房间里游荡。他仿佛和她一起走出公寓，默默地并肩漫步穿越好几英里的街道。言语是多余的。他和她一起走过海边，走过山峰。夜色晴朗安宁，星光闪烁。她自己也是一颗明星。言语是多余的。

她的眼睛灿若星辰，嘴唇则像被星光映照的暗淡平原上升起的低缓丘陵。"她触不可及，远在天边，"他想，"就像星星一样遥远，但和星星不同，她会呼吸，能够生存，和我一样都有生命。"

大概六个星期前的一个晚上，这位自行车制造厂的工头把他的妻子杀了，现在正以谋杀罪接受法庭审判。报纸每天都报道着这个故事。就在案发当晚，他还像往常一样带妻子去了电影院，九点钟他们就动身回家了。在 32 街靠近他们住处的一个拐角，一个男人的身影从小巷中忽然闪现，接着又缩了回去。这个偶遇或许让工头产生了杀死妻子的想法。

他们来到了公寓楼前，走进了一条黑暗的走廊。刹那之间,那男人明显是不假思索地从口袋里掏出一把刀来。"我可以想成是那个钻进小巷的男人打算杀了我们。"他想。他把刀打开,四处挥舞着,然后刺向他的妻子。他刺了两次,十几次——疯了一般。伴随着一声尖叫,他妻子的身躯倒下了。

看门人忘了在一楼的走廊点灯。后来,这位工头认为这就是他杀了妻子的缘故,因为黑暗的走廊和那个在小巷里闪现的形迹可疑的男人。"如果灯亮着,"他这么对自己说,"我绝不会做出这种事。"

他站在走廊里出神。他妻子死了,没出生的孩子也死了。公寓楼上传来门纷纷打开的声音。几分钟的时间里,什么也没有发生。他妻子和她没出生的孩子都死了——不过如此。

他一溜烟跑上楼,脑子里的思绪飞速转动着。在楼梯最初几级的黑暗里,他已经把刀放回了口袋。后来他发现手上和衣服上都没有血迹。晚些时候,他不那么紧张了,就在浴室里把刀子彻底清洗了一遍。他对所有人都说着同样的故事。"我被抢劫了。"他说,"有个男人从小巷里鬼鬼祟祟地冒出来,跟踪我和我妻子。他跟着我们直到一楼走廊,当时没点灯。看门人忘了点灯。"好吧——接着是一场搏斗,在漆黑一片中他妻子被杀了。他没法说清这惨案到底是怎么发生的。"没开灯。看门人忘了点灯。"他不断重复着。

接下来一两天时间里,他不再是人们重点怀疑的对象,于是悄悄扔掉了刀子。他步行很长距离到南芝加哥的河边,把刀子扔进河里。两艘废弃的运煤船在桥下腐烂,而那座桥就是在那些夏夜,在那个贞洁纯净的女孩去坐电车的路上,他和她一起走过的。她是那么遥不可及,就像一颗星星,却不是真正的星星。

他被捕了,很快他就坦白了——说出了一切。他说,他不知道为什么会杀妻子,也小心地没提起办公室的女孩。各家报纸都试图找出他犯罪的真正动机。他们仍然在找。有人曾经在几个晚上见过他和那女孩同行,于是把她牵扯了进来,还在报纸上印了她的照片。对她来说这很恼人,她完全能澄清她和罪犯毫无瓜葛。

＊　＊　＊

昨天早上,我们村子里靠近市郊的地方起了很大的雾,清晨我就出门散步到很远的地方。当我从平原回到山上,我遇到了那个老头,他总是有亲戚遭遇这些奇奇怪怪的事情。他抱着小狗,和我一起走了一会儿。天气很冷,小狗呻吟发抖。

老人的面孔在雾中矇眬难辨,随着高处空气中雾气的外缘和树冠的摇晃来回移动。他谈起了那个杀妻的男人,他的名字因为每天早上送到村里的报纸上的报道,广为人知。走在我身旁,他开始了一次冗长的讲述,讲述他和他现在变成凶手的弟弟曾经一起生活的往事。"他是我弟弟。"他重复了一遍又一遍,还不住地摇头。他似乎怕我不信他,一定要拿出事实。"那时我们都很小,他和我,"他开始了,"你看,那时我们一起在父亲房子后面的谷仓里玩。我们的名字就是那样弄混的。你明白。我们的名字不同,但还是兄弟。我们有同一个父亲。我们在父亲房子后面的谷仓里玩。我们一起躺在干草上,那儿很暖和。"

在雾中,老人瘦瘦的身体看起来就像一棵扭结的树。接着,它看起来像是悬在空中的什么东西。它前后摇摆,像是吊在绞刑台上的躯体。整张脸都在恳求我相信从那口中吐出来的故事。关于男人和女人,人与人之间的关系,我的脑子开始犯糊涂,感到一片茫然。杀妻男子的灵魂已经进入了路边这位小老头的身体。

这身体正竭力向我讲述的经历,是它无缘在芝加哥法庭里对法官讲述的。关于人类的孤独、渴望获得无法获得的美,这整个故事试图借这位唠唠叨叨的老人之口说出,讲述者本人正因孤独而发狂,抱着小狗站在清晨浓雾弥漫的乡间小道边上。

老人把小狗抱得太紧,以至于小狗疼得叫了起来。他的身体忽然一阵抽搐。附体的灵魂似乎在费力挣脱这身体,想要穿过浓雾,跨过平原直达城市,来到歌手、政客、百万富翁、谋杀犯面前,来到城里的兄弟、表亲、姐妹身边。老人身上的渴望十分酷烈,我的身体也因为共鸣而开始发抖了。他的手臂紧紧地箍住小狗,它疼得叫了起来。我走上前去把他的手臂拉开,小狗掉了下去,瘫在地上呻吟。它一定是受伤了。也许肋骨断了。老人盯着躺在他脚下的狗,就好像自行车厂工人站在公寓楼走廊里盯着他死去的妻子。"我们是兄弟,"他又说了一次,"我们的名字不同但我们还是兄弟。你知道的,我们的父亲去海边了。"

* * *

我坐在乡下的房子里。下雨了。在我眼前,山忽然不见了,只有广阔的平原和更远处的城市。一小时之前,住在森林小屋里的老人从我门前经过,身边没有小狗。或许是因为我们在雾中交谈的时候,他带走了这位伙伴的生命。或许和那位工人的妻子以及未出生的孩子一样,小狗已经死了。黄色、红色和金色的叶子像雨一样从我窗前那条道路两旁的树上沉甸甸地径直坠落。它们被粗狂的雨水打落,失去了最后一次金光闪烁划过天际的机会。十月的落叶应该被风吹走,跨越平原。它们本该在翩翩起舞中离去。

陷阱之门

威妮弗雷德·沃克洞察世事。她明白,如果一个人被关在铁栏后面,那么他就是在坐牢。对她而言,婚姻就是婚姻。

对她丈夫休·沃克来说也是如此,他发现了这一点。但他还不十分明白。如果他能明白就好了,至少他能找到真正的自我。不过他没有。他结婚后五六年的时光就像墙上被风吹动的树影那样流逝。他保持着麻醉般的沉默状态。每天早晚他都会见到妻子。偶尔他遇到些特别的事情,就会亲吻妻子。他们有三个孩子。他在伊利诺伊的尤宁山谷一个小小的学院教数学。他在等待着。

等什么呢?他这样问自己。这句话最初像一道回声那样悄然出现。接着,它变成挥之不去的问题。"我想要得到回答,"那个问题似乎在这么说,"别吊儿郎当。好好关注我。"

休走过伊利诺伊小城的街道。"好吧,我已经结婚了,还有孩子。"他喃喃自语。

他回到自己家。他不必依靠在学院教书的薪水过活,因此他的屋子足够大,而且装潢得非常精美舒适。家里有两个黑人女子,一个照看孩子们,一个负责做饭和家务。其中一个女人常常会低声哼唱些轻柔的黑人歌曲。有时,休会在门口停下听她唱歌。他能透过门上的玻璃看见他的家人聚在房间里。两个孩子坐在地上玩积木。他的妻子坐在一旁做针线活。年老的黑人女子坐在摇椅上,怀里抱着他最小的孩子,那还是个小宝宝。仿佛整个屋子都笼罩在那哼鸣声的魔力之下。休也着魔了。他静静地等待着。那歌声把他带到了很远的地方,来到了森林之中和沼泽边上。他的思绪漫无目的。他愿意花一大笔代价来弄清自己到底在想什么。

他走进屋子。"好吧,我在这儿,"他内心似乎这么说,"我就在这儿。这是我的屋子,这是我的孩子。"

他看了看妻子威妮弗雷德。婚后她胖了点。"也许这就是她变成母亲的过程,毕竟她有三个孩子了。"他想。

低声哼唱的黑人女子带着最小的孩子走开了。他和威妮弗雷德开始了只言片语的交谈。"今天过得好吗,亲爱的?"她问。"不错啊。"他说。

如果两个大一点的孩子能专心致志玩他们的,那么他思绪的链条就不会被打断。他妻子不会打断他，但是当孩子们朝他跑过来对他又拉又拽的时候，他的思绪就断了。在上半夜，当孩子们都上床之后，他的外壳是丝毫也不会碎裂的。一个大学教授同事和他的妻子会过来拜访，或者他和威妮弗雷德去邻居家。接着他们会聊天。即使在他和威妮弗雷德单独待在屋子里的时候，他们也在说话。"百叶窗有点松了。"她说。屋子是老房子，有绿色的百叶窗。窗户叶片日益松弛，夜里它们拖着铰链来回摇摆，发出响亮的撞击声。

休回应了几句，他说他会找个木匠来修百叶窗。接着，他的思绪开始游移，离开了他的妻子，飘出了屋子，来到了另一片世界。"我就像一座屋子，我的百叶窗也松松垮垮了。"他心里这么想。他觉得自己就像一个活在壳里的生物，竭力想要冲破外壳。为了逃避这些让他分心的闲聊，他拿了本书假装在读。当他妻子也开始读书，他便仔细专注地端详她。她有这样的鼻子，这样的眼睛。她手上有些习惯性的小动作。当她沉浸在书页中，她就会把手放在脸颊上摩挲，接着又把手放下来。她的头发不太柔顺。自从结婚生孩子以后，她就不太在意自己的外表了。她读着读着，身体就陷到椅子里去了，变得像是一个软塌塌的袋子。她是那种已经完成人生任务的人。

休的思绪在他妻子的形象上打转，但并没有真正地靠近这个坐在他面前的女人。他对他的孩子也是一样。有时，就在片刻间，他们对他而言不过是些活物，就像他自己的躯体是一种活物一样。在更长的时间里，他们离他远去了，就像那位黑人女子的哼唱。

奇怪的是，他总觉得黑人女子的存在足够真实。他感到在他和这女人之间有一种相互的理解。她置身于他的生命之外，他可以将她视为一棵树。有些晚上，她在二楼安顿孩子们睡觉，而他坐着，拿着本书假装在读，接着这位黑人老妇就轻轻地穿过房间去厨房。她没有看威妮弗雷德，但看了看休。他觉得那双衰老的眼睛里闪现出一种奇异温柔的光。"我理解你，我的孩子。"她的目光似乎如此说道。

休下定决心要好好安排他的人生，仿佛他能掌控它似的。"那好吧。"他说，仿佛在对房间里第三个人说话。他非常确定的确有这第三个人，他就在他体内，在他的身体之中。他开始向这个人诉说。

"就是这个女人，我娶了的这个人，她身上有种一切圆满的气质。"他说道，仿佛是大声地说。有时他几乎觉得自己的确在大声说话，但他很快地瞥了妻子一眼，她还沉浸在书中。"也许原因就是，"他继续说，"她生下了这些孩子。对她而言，他们就是成就的证明。他们诞生于她的身体,而不是我的身体。她的身体确实有所成就。现在她休息了。如果她开始变得有点发胖,那也没关系。"

他站了起来,找了个借口走出房间,走出屋子。在他少年和最初的青年时代,他会长时间地径直在乡下散步,这对他而言就像身上某种反复发作的疾病,而且的确对他有帮助。散步无法解决任何事,只是让他的身体疲倦,但身体疲倦了他也就能入睡了。许多天里他都像这样散步然后睡觉,接着生活的真实感以某种古怪的方式在他脑中重建了。发生了一些让他注意的小事。他走在路上时,前面有个男人向从农舍里冲出来的一条狗扔石头。那大概是傍晚,他在一片低山地带的乡野散步。突然他来到一座山的山顶,眼前的道路向下沉入黑暗,但在西边,隔着田地,有一座农舍。太阳已经落山,但还有一片微弱的光亮在西边地平线闪耀。一个女人从农舍里走出来,向畜棚走去。他没法看清她的样子。她好像拿着什么东西,应该是牛奶桶,她要去畜棚给牛挤奶了。

那个朝狗扔石头的男人转过身来,看见休站在他后面。发现有人看见自己怕狗,他有点不好意思。有那么一刻,他似乎在等待着和休搭话,但很快就带着迷惑匆匆离开了。他是个中年男人,但刹那之间,他令人意外地表现得像个男孩。

休远远看见的往远处畜棚走去的那位农妇也停了下来，望向他。她应该没法看见他。她穿着白衣，在她身后果树林暗绿色背景的衬托下，他能朦朦胧胧地看见她的身影。但她依然站着望向远处，似乎直接盯着他的双眼。他古怪地感到好像有一只看不见的手把她举了起来，带到他近旁。他好像了解了她的全部生活，也了解了那个扔石头的男人的全部生活。

在他少年时代，每当生活超出了他的掌控，休就会不断地走下去，直到遇见几件这样的小事，他忽然就恢复正常，能够重新到人群中工作和生活了。

结婚后，当他度过了这样一个晚上，他一离开屋子就开始快速步行。他尽可能快地走出小城，走上一条沿着草原高低起伏的路。"哎，我不能像以前那样日复一日地散步了，"他想，"生活中总有不可更改的事实，我必须面对事实。威妮弗雷德，我的妻子，就是这样一件事实，我的孩子也是。我必须抓住这些事实，凭借它们生活，和它们一起生活。这就是生活本来的样子。"

休走出小城，走在一条穿行于玉米田间的路上。他看上去体格强健，穿着宽松的外衣。他心烦意乱、充满困惑地走着。他一方面觉得自己能很好地在人生中承担一个男人的角色,一方面又感觉截然相反。

乡村开阔地铺展开来,向各个方向延伸。他散步的时候总是在夜里,什么也看不清,但他总能感知到四周的遥远。"一切都无休无止地进行,但我还在原地不动。"他想。他在那个小小的学院里做了六年教授了。年轻的男孩女孩走进教室,他给他们上课。什么都不是。搬弄一些言语和数字。努力激发学生们的头脑。

但有什么意义?

这个古老的问题总是不断地重复,不断地想要得到回答,就像一只小兽渴望食物那样迫切。休已经放弃了回答这一切。他快步前进,只想让身体变得疲倦。他努力把注意力放在细小的事物上,以便忘记远方。有天晚上他离开小路,只是沿着玉米地绕圈子。他点数了玉米堆里的秸秆,计算了整片玉米地里的玉米数量。"这块地应该会出产 1200 蒲式耳的玉米。"他默默对自己说,好像他真的在意这件事。他从一棵玉米最顶上的穗子中抽出一小把穗丝,拿在手里玩。他试图用穗子给自己做个金黄的小胡子。"我会成为有整齐金色胡子的体面家伙。"他想。

有天,在教室里,休开始带着一种新的兴味看待他的学生。一个年轻女孩吸引了他的注意。她身边坐着尤宁山谷商人的儿子,那年轻人正在书的封底写着什么。她看了看他写的字,然后把头转开了。男孩等待着。

正是冬天,商人的儿子邀请女孩和他一起去溜冰聚会。但休还不知道这些。他忽然觉得自己老了。当他向女孩提问,她看起来十分茫然。她的声音在发抖。

下课后,让人吃惊的事发生了。他让商人的儿子留下来。当教室里只有他们俩,他忽然感到不可遏制的愤怒。他的声音冷淡而坚定。"年轻人,"他说,"你来这教室里不是为了在书上写字浪费时间的。如果我下次再看到那样的场景,我会做你想不到的事。我会把你扔出窗外,那就是我要做的。"

休做了个手势,年轻人脸色煞白地默默离开了。休觉得很糟糕。接下来几天里,他一直在想那个偶然攫住他注意力的女孩。"我要认识她,我要了解她。"他想。

在尤宁山谷,教授邀请学生去自己家并不少见。休决定要带那个女孩来家里。他想这事想了好几天。有天下午快到晚上的时候,他看见她走在前面,正从学院的山上往下坡走去。

这女孩叫玛丽·科克伦,她几个月前才来到学校,她来自伊利诺伊一个叫亨特斯堡的地方,那儿大概就是另一个像尤宁山谷一样的小地方。他对她一无所知,除了知道她没了父亲,或许母亲也不在了。他快步走下山想要赶上她。"科克伦小姐!"他喊道,惊奇地发现自己声音有点儿颤抖。"我为什么会激动呢?"他问自己。休·沃克的家宅里出现了一个新的生命,他很高兴有个不属于自己的人在身旁,威妮弗雷德·沃克和孩子们也都接受了她。威妮弗雷德邀请她之后再来。她确实每周会来做客几次。

对玛丽·科克伦来说,置身于有孩子的家庭中间令她感到安慰。冬天的下午,她常常带上雪橇,领着休的两个儿子去屋子附近的小山坡上。一阵尖叫。玛丽·科克伦把雪橇推上山,孩子们跟在后面。然后他们一起坐雪橇猛冲下来。

这个女孩正在迅速长成一个女人。她把休·沃克看作完全处于她生命之外的事物。她和这个忽然对她发生强烈兴趣的男人之间,没有太多要说的话,而威妮弗雷德好像也毫无疑虑地接受她成为家中的一分子。下午,当两个黑人女佣都忙碌着,威妮弗雷德就让玛丽照看两个大点的孩子。

那天下午很晚了,休大概是和玛丽一起从学校走回来的。春天,他就在那荒弃的花园里干活。花园里的地已经犁过,种下了植物,他依然拿上锄头和耙子四处忙活。孩子们在屋子里和大学女孩玩耍。休没有去看孩子们,而是一直盯着她。"我在这里和那么多人一起生活,和他们一起工作,而她就是他们中的一个,"他想,"不像威妮弗雷德和孩子们,她不属于我。我可以现在朝她走去,摸摸她的手,看看她,然后离去,再也不见她。"

对这个烦闷的男人来说,这念头是种安慰。晚上他出门散步时,周围空间的无限遥远之感不再引诱他那样走下去,像之前那样疯狂地走好几个小时,好像要打破一堵无形的墙似的。

他开始想着玛丽·科克伦。她是从乡下小镇来的女孩,就像成千上万的美国女孩一样。他想知道,当她坐在他的课堂上,当她和他并肩穿过尤宁山谷的街道,或者和孩子们在他屋外院子里玩的时候,她脑子里会想些什么。

冬天,在临近傍晚的下午,天色渐渐阴沉,玛丽和孩子们在院子里堆起了一个雪人。休上了楼,在黑暗中看着窗外。他能模糊地看见女孩高挑挺直的身影正匆匆移动着。"哎,她身上什么事也没发生。她可以什么都是,也可以什么都不是。她的形象就像一棵没有结出果子的小树。"他想。他离开窗口走回自己房间,在黑暗中坐了很久。那天晚上他只出门散步了一小会儿,很快就回到家中自己的房间里,锁上了门。他下意识地不想让威妮弗雷德走进来扰乱他的思绪。有时候她就会这样。

她总是在看小说,看罗伯特·路易斯·史蒂文森的小说。她看完了所有这些小说就再看一遍。

有时她走上楼来,站在他门口说话。她会告诉他一些故事,学一些孩子们嘴里无意中吐出来的聪明话。她偶尔来房间里帮他关灯。窗边有张沙发,有时她走过来坐在沙发边上,然后会发生点什么,仿佛回到他们婚前的时候,一个新的生命出现在她的形象中。他也走过来坐在沙发上,她抬起手,摸摸他的脸。

但这时,休不想这样。他在房间里站了一会儿,打开门,走到楼梯边上。"你上楼时轻点,威妮弗雷德。我头疼,打算去睡了。"他编了个借口。

当他再次回到自己房间关上门,他又觉得安全了。他没脱衣服就躺在沙发上,把灯关了。他又想起玛丽·科克伦这女学生,但他十分肯定自己只是以一种超脱私人的情感想着她。在他生命里,她就像他年轻时漫步广阔乡野寻求治愈时,在山上看见的那个要去挤奶的农妇一样,就像那个朝狗扔石头的男人一样。

"好吧,她还没完全成形,就像一棵小树。"他再次对自己说道,"人就是这样,他们一下子就摆脱了童年。我自己的孩子也会那样的。我的小威妮弗雷德还不会说话,但很快就会变得和那女孩一样大。我想着她,也不是出于什么特别的原因。不知怎么的,我离开了生活,但她把我拉了回来。当我看到街上一个玩耍的小孩儿或者一栋房子里上楼梯的老人,我也会有类似的感觉。她不属于我,她总会离开我的视野。但威妮弗雷德和孩子们总是在这儿,我也会继续在这儿生活。我们属于彼此,这个事实把我们囚禁了起来。玛丽·科克伦却是自由的,至少对于我身处的牢笼而言,她是自由的。无疑她不久后就会自己找一个牢笼住进去,但那就和我无关了。"

当玛丽·科克伦在尤宁山谷的这所学院里上到三年级,她已经成为沃克家的一部分。她依旧不了解休。她对这些孩子的了解超过了休,甚至超过威妮弗雷德。秋天她和家里的两个儿子一起去森林里采集坚果。冬天他们在屋子附近的小池塘的冰面上溜冰。

威妮弗雷德接纳了玛丽,就像她接纳一切事物一样,就像她接纳了两个黑人女佣,接纳了孩子的出世,以及她丈夫长久的沉默寡言。

出人意料的是,突然有一天,休打破了婚后持续了许久的沉默。他和一个在学校里教授现代语言学的德国人一起走回家,两人吵了起来。他开始在街上和人搭话。当他在花园里忙活,他开始吹口哨、唱歌。

秋天的一个下午,他回到家里,发现整个家庭都聚在客厅里。孩子们在地板上玩,黑人女子抱着他最小的孩子坐在窗边的椅子里,哼着黑人的歌。玛丽·科克伦也在,她正坐着看书。

休径直朝她走去,盯着她肩膀上方。就在那时,威妮弗雷德走进房间。他伸出手,一把拿走女孩手里的书。她惊惶地抬起头。他骂了一句,把书扔进壁炉的火焰中。话语从他口中翻涌而出,他咒骂着书本、人群和学校。"去他的吧,"他说,"到底是什么让你想在书本里认识生活?是什么让人想要思考生活?为什么他们不直接去生活,不把这些书本、思想,还有学校统统抛开?"

他转过头望着妻子,她脸色苍白,直愣愣地看着他,目光中带着一种惶惑和惊讶。年老的黑人女佣站起身匆匆离开了。两个大孩子开始哭。休感觉糟透了。他看了看坐在椅子里的女孩,她眼中也有泪水。他又去看了看妻子。他的手紧张地拽着自己的外套。在这两个女人面前,他就像一个被人发现在食品柜里偷东西的小男孩。"我愚蠢的坏脾气发作了,"他看着他妻子,但实际上是在对那女孩说话,"你看,我比我假装的样子更严肃。我不是因为你看书而生气,是因为别的缘故。我发现在人生中能成就那么多事，可我做的却那么少。"

他上楼回到自己的房间，琢磨着为什么对那两个女人撒谎，为什么一直对自己撒谎。

他对自己撒谎了吗？他想回答这问题，但无能为力。他仿佛穿过一座房子黑暗的走廊，走到一堵空白的墙前面。想要离开眼前的生活、耗尽身体的能量，这熟悉的渴望再次像疯症一般回到他身上。

他站在自己房间的黑暗里很久很久。孩子们不哭了，屋子又安静下来。他能听见妻子轻轻地说话，而这时屋子的后门砰地合上，他知道女学生离开了。

屋里的生活重新运转。什么也没发生过。休默默地吃完饭，然后出门，长长地散步。玛丽·科克伦有两个星期不来他家了。有一天，他在学院里看见了她。她已经不再是自己的学生。"别因为我的粗鲁抛弃我们。"他说。女孩脸红了，一言不发。那天晚上他回家后，看见她在屋外的院子里和孩子们一起玩耍。他立刻走进自己的房间。庭院的空气飘进来，笼在他的脸上。"她不是那棵小树了，她变得和威妮弗雷德差不多了。她几乎就是属于这里的人，属于我和我的人生。"他想。

*　*　*

　　玛丽·科克伦十分突然地停止了拜访沃克一家。有天晚上,休坐在自己房间,她和家里的两个男孩一起走上楼来。她和一家人吃完了晚饭,现在正要安顿他们入睡。和沃克一家一起吃饭是她获得的特殊待遇。

　　晚饭后,休很快就上楼了。他知道妻子待在哪儿。她在楼下,坐在灯旁读罗伯特·路易斯·史蒂文森的小说。

　　在很长的时间里,休能听见楼上传来他孩子们的声音。接着,那件事发生了。

　　玛丽·科克伦走下楼去,楼梯刚好经过他房间门口。她在楼梯上停了下来,又往上走了几级,回到楼上的房间。休起身踏进走廊。女学生回到了孩子们的房间,因为她忽然很想亲亲休的大儿子,他已经是个九岁的小伙子了。她轻轻走进房间,站着凝视两个孩子很久很久,他们已经毫无觉察地睡着了。然后她悄悄俯下身子,亲了亲那个男孩。当她从房间里出来,休在黑暗中等待她。他抓住她的手,请她来到楼下他自己的房间。

　　她害怕极了,奇怪的是这种害怕令他愉悦。"好吧,"他低声说，"你无法理解将要发生的事，但有一天你会懂的。我想亲吻你，然后请你离开这屋子，永远不再回来。"

他抱住这女孩，亲吻了她的脸颊和嘴唇。当他把她送到门口，她因为惶恐和一种新的颤抖着的渴望而虚弱，以至于她只能十分艰难地走下楼，来到他妻子面前。"现在她会撒谎。"他想。接着，他听见她的声音像是他思绪的回声一样传到楼上。"我头疼得厉害，必须马上回家了。"他听见她的声音说。那声音干瘪而沉重。不像是年轻女孩的嗓音。

"她不再是一棵小树了。"他想。他为他刚刚做的事而高兴和骄傲。当他听见屋子后门轻轻关上，他的心跳了一下。奇异的颤动的光线出现在他的眼中。"她快要被囚禁了，但这和我无关。她永远不属于我。我永远不会亲手给她造一座牢笼。"他想着，感到了阴郁的快乐。

新英格兰人

　　她叫埃尔西·利安德。她的童年是在她父亲位于佛蒙特的农场度过的。利安德家好几代人都住在这同一个农场上，都娶了瘦瘦的女人，所以埃尔西也是瘦瘦的。农场坐落在山麓的阴影中，地力并不肥厚。上面好几代的利安德家人生了许多儿子，但女儿很少。儿子们向西开拓，或者去了纽约；女儿们则待在家中，她们脑子里的所思所想，正像任何一个看着父亲邻居家的儿子们一个个去了西部的新英格兰女人那样。

　　她父亲的房子是一座木框架的白色小屋，当你从后门走出去，经过小小的谷仓和鸡舍，你会踏上一条沿着山坡向上攀爬的小路，然后走进一片果园。那些果树十分老迈，生了许多粗粝的木瘤。果园后面就是下坡，地上露出一片光秃秃的石头。

　　果园中有块灰色的大石头在地上高高耸立，埃尔西靠在石头上,脚下是被毁坏过的山麓,这时她能看见尽管还有一段距离但轮廓清晰的几座大山,而在她自己和这些大山之间是许多小块的田地,每一块都被整齐堆砌的石头墙环绕着。遍地都是石头。那些巨大、沉重、难以被抬动的石头就从田地中裸露出来。这些田地就像一个个杯子,里面充满翠绿的液体,秋天变灰,冬天变白。那些遥远但又显得近在咫尺的山体,就像一个个巨人,他们准备随时伸手端起杯子,把那些翠绿液体一饮而尽。

埃尔西有三个哥哥,但他们都走了。两个去西部跟他们的叔叔一起生活,最大的哥哥在纽约结婚并发迹。从小到大,她父亲一直辛劳地工作,紧巴巴地生活,但这位纽约的儿子后来开始寄钱回家了,他们的处境也就好了起来。父亲仍围绕着谷仓、田地干活,但他不再担心未来了。埃尔西的母亲上午打理家务,下午就坐在她小客厅里的摇椅上,一边用钩针编织桌布和椅子背罩,一边想念着儿子们。她是个沉默寡言的女人,格外瘦削,特别是有一双瘦骨嶙峋的手。她并没有放松地陷进摇椅,而是忽然坐下又站起,当她编织时,她的背就像军队教官一样笔直。

母亲很少和女儿交谈。有时候到了下午,当女儿又上山去果园后面那块属于她的大石头旁边,她父亲会从谷仓里出来拦住她。他把手搭在她肩上，问她要去哪儿。"去石头边。"她说。她父亲笑了。他的笑声就像生锈的谷仓大门合页发出的嘎吱声，他搭在她肩上的那只手和她自己的手，以及她母亲的手一样瘦削。父亲摇着头走回谷仓。"她和她妈妈一样，她自己就像块石头。"他想。在从他们的房子通向果园的那条路最开头，有一丛茂密的月桂树。这位新英格兰农民从谷仓走出来，望着他女儿沿路走远，消失在树丛后面。他的视线越过房子，望向远处的田地和山野。他衰老疲倦的身体肌肉几乎难以察觉地紧绷起来。他久久沉默地站着，但过往的漫长经验告诉他多思无益。他又走回谷仓，忙着修理一个修理过很多次的农具。

利安德家那位去了纽约的大儿子是一个男孩的父亲，那小男孩瘦削、敏感，长得很像埃尔西。这孩子在二十三岁时死了，过了些年，他父亲也死了，他把他的财富留给了新英格兰农场上的老人。那两个到西部去的利安德家的儿子和同样是农民的叔父生活在一起，直到成年。更小的儿子威尔后来在铁路上工作，死在一个冬天的早上。那是寒冷的下雪天，他在一趟货车上做列车长，当那趟车离开得梅因，他在车厢上方跑了起来。忽然他脚滑了一下，一命呜呼。他就是这么死的。

在最新的这代人里，只有埃尔西和她从未见过的哥哥汤姆还活着。她父母有两年时间都在说要去西部找汤姆,直到他们最终做出决定。然后他们俩又花了一年转让农场,做各种准备。在这期间,对于未来人生中将要发生的变化,埃尔西没有多想。

坐火车向西旅行让埃尔西挣脱了以往的自我。尽管对生活抱着疏离的态度,她还是感到兴奋。在卧铺车厢,她母亲还是在座位上坐得又直又僵,她父亲在过道里来来回回地踱步。夜里,当火车穿过大大小小的城镇,爬上山坡又进入森林密布的山谷,女儿一直没睡,她脸颊绯红,细细的手指不停地在床单上抓来抓去。早上她起来穿好衣服,就整天坐着看外面那种新鲜的土地。火车又走了一天,她又度过了一个睡不着的晚上,他们来到了一片平坦的土地,每一块田地都像她老家的农场那么大。一个个城镇连绵不断地出现和消失。这地方和她见过的一切都如此不同,她开始觉得自己和以往不同了。在她从出生到现在居住的那个山谷,一切都披着一层终结的色彩。什么都无法改变。一小块一小块的田被锁在大地上。它们在自己的位置上固定不动,被古老的石墙围住。这些田地和俯瞰着它们的高山一样,就像过去的岁月那样无法更易。她觉得它们从来都如此,未来也会一直如此。

和母亲一样，埃尔西在车厢座椅上坐着，后背像军队教官那样笔直。火车迅疾地穿过俄亥俄和印第安纳。她那双和她母亲一样纤瘦的手紧紧并拢交叠在一起。如果有人无意中经过车厢，恐怕会以为这两个女人都戴上了手铐被绑在了座位上。夜晚再次到来，她又一次钻进床铺。她又失眠了，瘦削的脸颊泛起红晕，但这时她冒出了新的想法。她的双手不再握在一起，也不再抓床单了。夜里她有两次伸懒腰、打哈欠，这些动作都是她以前从未做过的。火车在大草原的一个小镇上停了一会儿，她所在的车厢车轮出了些毛病，列车工人带着点燃的火把过来修理。一阵响亮的震动和喧哗。等火车再次前进，她想离开床铺，在车厢过道里跑来跑去。她忽然想到，那些修理车轮的男人是从新土地上冒出的新人，他们带着坚硬的铁锤砸开了她牢房的大门。他们永远地摧毁了她为自己人生所设定的轨道。

火车仍在向西开去，埃尔西为这个念头而振奋。她渴望永远沿着一条直线走入未知世界。在她的幻想中，自己不是在火车上，而是变成了一只有翅膀的动物，在空中翱翔。多年来她时时静坐在新英格兰农场的石头旁边，这让她养成了大声自言自语的习惯。她尖细的嗓音打破了笼罩着卧车车厢的沉默，她同样醒着的父母坐了起来，开始倾听。

汤姆·利安德是利安德家新一代人里唯一活着的男性代表,他四十岁,四肢瘦长,但有发福趋势。二十岁时,他娶了一个邻近农户家的女儿,当他妻子继承了财产,她就和汤姆搬到了艾奥瓦的苹果镇。汤姆在那儿开了家杂货店,生意蒸蒸日上,汤姆的婚姻也很美满。当他在纽约的哥哥去世,而他的父母和妹妹都决定来西部时,汤姆已经是一个女儿和四个儿子的父亲了。

在小镇北边的平原上有着广袤的连绵不绝的田野,田野中坐落着一栋完工了一半的砖头房子,它属于一位名叫罗素的富裕农民,他打算把这栋房子建造成村里最奢华的地方,但当它快要建好时,他发现自己已经没钱了,还背上了沉重的债务。农场包括几百英亩的玉米地,被分成了三块卖给了别人。但没人想要那座庞大的未完工的砖房。它年复一年空空荡荡地矗立着,它的窗户盯着快要蔓延到屋门口的田野。

汤姆买下罗素的房子有两个动机。在他看来,在新英格兰,利安德家的人都是十分体面出众的人。他对他父亲在佛蒙特山谷的房子记忆十分朦胧,但向他妻子提起来的时候,他总是非常确定。"我们都是高贵的人,姓利安德的人,"他说着,摆正了肩膀,"我们住在一座很大的房子里。我们家都是有地位的人呢。"

汤姆还有个动机,他很希望父母在新地方有家的感觉。他本身并不是一个充满干劲的人,虽然是个成功的杂货店老板,但他的成功很大程度上要归功于他妻子的旺盛精力。她没有在家务事上投入太多,她的孩子们也像小动物那样自己照顾自己,但只要是关于商店的事务,她总是拿主意的人。

汤姆感到,让他父亲成为罗素宅邸的主人,会让他自己在邻居们眼中成为重要人物。"我可告诉你吧,他们就习惯住大房子,"他对妻子说,"我说了,我家的人都喜欢上档次的生活。"

* * *

面对荒芜灰色的艾奥瓦田野,埃尔西在火车上溢满的欣喜消退了,但火车之旅对她的影响却持续了好几个月。在那座宽敞的砖房里,她的生活差不多就像以前在新英格兰的小房子里一样。利安德一家人占用了一楼的三四间屋子。几周以后,货车运来了家具,汤姆用自己商店的一驾马车把它们从城里拉了回来。先前那个倒霉的农民留下了许多本打算用来做马厩的木板,木板高高地叠在一起,堆满了三四英亩地。汤姆派人把那些木板拉走,埃尔西的父亲准备开辟一座花园。他们是四月搬过来的,刚在房子里安顿好,他们就开始在附近的空地上犁地栽种了。这家人的女儿又恢复了她根深蒂固的习惯。新家附近没有被磨损了的石墙围起来的老迈果树。她目之所及,向东西南北四面延展开去的田地全都是用铁丝围起来的,田地刚刚犁开的时候,这些篱笆就像黑暗大地上的蜘蛛网。

然而,还有这座房子,它就像海中露出水面的岛屿。奇怪的是,尽管这房子修建还不到十年,却已经很旧了。它毫无必要的宽敞展现了人们体内的某种古老冲动。埃尔西能感觉到。房子东面有扇门通向楼梯,上去就是总锁着的二楼。门前有两三级台阶。埃尔西会坐在最上面的一级台阶上,背靠着门,安安静静地望着远方。田野几乎就在她脚边开始向前延伸,一直绵延下去,仿佛没有尽头。这些田地就像海水。人们耕地,种植,高大的马匹连续不断地穿过草地。一个年轻男人驾着六匹马的马车直接朝她走来。她被迷住了。这些马低垂着头向她靠近,它们有着巨人般的胸膛。轻柔的春风拂过田野,就像是在海上。这些马也像踏在海床上,它们的胸膛能够推开面前的海水。它们正在让海水一点点从海盆中漫溢出来。那位驾马车的年轻男子也像是巨人。

*　　*　　*

埃尔西在最上面的台阶上坐着,把身体紧紧地靠在关闭的门前。她能听见父亲在房子后面的花园里干活。他正在用耙子把一团团干草从地上清理干净,以便接着把地铲好,用来建造花园。他总是在狭小逼仄的地方工作,总是做重复的事情。在这片广袤的空间里,他却用很小的工具干活,用无限的精力做着微小的事情,种植小棵小棵的蔬菜。她的母亲会坐在房子里用钩针编织一些小小的椅子背罩。埃尔西自己也很瘦小,她紧紧地贴着房门,希望不被人看到。唯有那种将她身心占据却无法发展成一种思想的感觉是庞大的。

六匹马在围栏前面转弯,但外侧的一匹马被缰绳缠住了。马车夫大声咒骂。接着他转过头来,看着这位苍白的新英格兰人,嘴里又骂了一句,接着调转马头,往远处去了。他正在耕种的土地有200英亩。埃尔西没等他再回来。她走进房子,在房间里坐下,抱着手臂。她觉得这房子就像漂浮在海上的一艘船,巨人在海床上来来回回地走着。

五月来临,然后是六月。在广大的田野上,人们一直在忙碌。埃尔西已经有些习惯了视野里有那个曾来到房门台阶前的年轻人了。有时,他驾着马车来到铁丝围栏前面,对她点头笑笑。

* * *

八月,天气很热,艾奥瓦田野里的玉米不停生长,直到玉米秆像小树那么高。玉米地变成了丛林。播种玉米的季节已经过去,玉米之间的田垄上杂草丛生。那个驾驶着巨人般马匹的男人已经消失。静默笼罩着无边无际的田地。

那是埃尔西在西部度过的第一个夏天,当收获的季节到来,她被新鲜的铁路之旅唤醒了一半的心此时再次觉醒了。她觉得自己不是那个古板瘦削、把背挺得像教官一样的女人,而是像某种崭新的东西,和她搬过来居住的这片陌生土地一样新奇。有一阵子她不明白这是怎么回事。地里的玉米已经长得那么高了,她没法看见更远的地方。这些玉米像是一堵墙,而她父亲的房子所在的那一小块赤裸的土地则像是被狱墙包围的屋子。有一会儿她感到沮丧,本想着来西部就是来到开阔宽广的天地,却发现自己被围困得更加紧了。

她忽然涌起一股冲动。她站起来往下走了几级台阶,然后坐下来,几乎贴着地面。

她很快感到轻松。她的视线不能越过玉米地,但能从下面穿过。玉米长着又长又宽的叶子,相邻行列里的叶子交织在一起。这些行列像是狭长的隧道,伸向无限。黑色的土地上长出杂草,形成一层碧绿柔软的毯子。光线从上空洒落。玉米地美得如此神秘。它们是通向生命的温暖通道。她从台阶上站起来,小心翼翼地走到将她和田地隔开的铁丝围栏前面,把手从围栏中伸出去,抓住一根玉米秆。她摸到了强壮新鲜的茎秆,紧紧地握住了一会儿,不知为何,过了一会儿她觉得有点害怕。她飞快地跑回台阶坐下来,用双手捂住脸。她的身体颤抖着。她想象自己从围栏中爬出去,在田野中的一个通道里漫步。想到这种尝试,她既着迷又害怕。她很快就站起来走进房子。

*　　*　　*

八月的一个星期六晚上,埃尔西发现自己怎么也睡不着。比以往更加清晰的念头涌入她的头脑。那是一个宁静而闷热的夜晚,她的床靠着窗子。她的房间是这家人在房子二楼占用的唯一的房间。午夜时分,一缕微风从南面吹来,当她坐在床上,她视线下方的玉米穗子在月光下看着就像被轻风吹起微澜的海面。

玉米地里翻滚着一阵低语,呢喃着的思绪和记忆在她脑中苏醒。又长又宽、柔嫩多汁的叶子在八月强劲的暑热中渐渐变得干燥,每当风拂过玉米地,叶子就彼此摩挲起来。远处传来一声呼喊,像是有一千重声音泛起。她把这些声响想象成孩子们的声音。他们不像她哥哥汤姆的那些孩子,那些吵闹粗野的小兽,却像是截然不同的东西,是一些小巧的、长着大眼睛和纤细灵活双手的小家伙。他们一个接一个钻进她怀里。她被这种幻想弄得如此兴奋,以至于坐了起来,把枕头紧紧地抱在胸前。她眼前浮现出她侄子①的形象,那个苍白敏感的年轻的利安德,他和他父亲一起在纽约生活,在二十三岁死去。这个年轻人仿佛忽然走进房间。她丢下了枕头,坐着等待,焦灼地期待着。

年轻的哈里·利安德曾在他去世前一年的夏末来到新英格兰农场拜访他的亲戚。他在那儿住了一个月,几乎每天下午都和埃尔西一同坐在果园后面那块大石头旁。有天下午,当他们都沉默了许久,他开始说话了。"我想去西部生活,"他

---

① 原文为"cousin",但前文提及的二十三岁死去的男孩应该是埃尔西最大的哥哥的孩子,也就是她的侄子。在当时的英语里,"cousin"也有笼统指称亲戚的意思。

说,"我想去西部生活。我想变得坚强,变成一个真正的男人。"他重复道。他眼里泛起了泪花。

他们起身回到屋子,埃尔西默默地走在年轻人身旁。这个时刻,是她一生中值得铭记的一刻。对某种她以前从未知晓之物的奇异、颤抖着的热情将她占据,他们沉默地穿过果园,但当他们走到月桂树丛边,年轻人停了下来,转脸望着她。"我想让你吻我。"他急切地说,又朝她迈近了一步。

一种翻滚着的不确定感笼罩了埃尔西的心,这种感觉也传染给了哈里。他做出这样突兀且出乎意料的请求之后,又凑得离她那么近,以至于她的脸颊能感受到他的呼吸,他自己的脸也变得绯红,他握着她的手,但他的手在颤抖。"哎,我希望我是坚强的。我多么希望我是坚强的啊。"他迟疑地说着,又转身走开了,沿着那条小路走回了他们的屋子。

在这座像岛屿一样置身于玉米地海洋中的新房子里,哈里·利安德的声音仿佛又一次出现了,它压过了埃尔西想象中从田野里传来的孩子们的声音。埃尔西下了床,在窗户透进来的暗淡光线中来回踱步。她的身体颤抖得厉害。"我想让你吻我。"那声音又出现了。为了制止这声音,也为了制止她自己内心的回答,她在床边跪下,再次把枕头抱起来压住了脸。

＊　　＊　　＊

　　每个星期天,汤姆·利安德和他的妻子与家人都来看他的父母。这家人大约早上十点出现。当马车驶出罗素房子旁边的那条路,汤姆就大喊起来。道路和房子之间隔着一块田,当马车从玉米地的狭长空隙中穿过,从房子那儿是没法看见的。当汤姆喊着打招呼后,他的女儿,一个十六岁的高个女孩就从马车上跳下来。五个孩子全都从玉米地里快步前进,来到房子前面。早晨安静的空气里响起了一连串粗野的叫喊。

　　杂货店老板从店里带来了食物。给马解开缰绳拉进一座棚屋后,他和妻子开始把大包小包搬进房子里。利安德家的四个男孩和他们的姐姐一起隐没在附近的田地里了。三只狗随马车一路从城里跑到乡下,此时也跟在孩子们身旁。往往有两三个孩子,偶尔有个年轻人从邻近的农场过来凑热闹。埃尔西的嫂子挥挥手就把他们都赶走了。她又挥了挥手,让埃尔西也站到一边。火生了起来,整个房子都飘散着饭食的香味。埃尔西走到房子侧门的台阶上坐下了。格外宁静的玉米地回荡着喧哗和狗吠。

　　汤姆·利安德最大的孩子伊丽莎白就像她母亲一样精力旺盛。她瘦瘦高高的,和她父亲家族的女人一样,但又体格强健、充满活力。她暗地里很想做一位淑女,但只要她做出尝试,她的父母就带头和弟弟们一起嘲笑她。"别装模作样啦。"他们说。当她只是和弟弟们,顶多还有附近农场的男孩们一起在乡下玩,她自己就变成了个男孩子。她和男孩们一起推挤着穿过田野,跟在狗后面捉兔子。有时邻近农场某个年轻男人会和孩子们一起过来。这时她就不知该如何自处了。她想优雅地在玉米地的田垄中漫步,却害怕弟弟们笑话她,结果在绝望中她表现得比男孩们更粗野吵闹。她大声号叫呼喊,恣肆狂奔,裙子都被铁丝刮破了,是追着狗翻越围栏时弄的。当狗抓住并杀死兔子,她就一下子冲过来,把兔子从狗那里夺过来。死去的小动物淌着血,滴到她裙子上。她把兔子在头顶晃了晃,叫了起来。

　　埃尔西见过的那个整个夏天都在地里干活的年轻农民,被这个从城里来的女孩迷住了。每当星期天早上杂货店老板一家出现时,他也过来了,但没走到房子那儿。当男孩和狗群在地里奔窜,他就加入他们。他很有自知之明,不想让男孩们知道他为何而来,当他和伊丽莎白单独在一起的时候,不免觉得有些尴尬。他们沉默地并肩走了一会儿。他们周身环绕着丛林般宽阔的玉米地,男孩们和狗在里面跑来跑去。年轻人想说些什么,但当他努力措辞时,却舌头发硬,嘴唇又热又干。"呃,"他说,"你和我,让我们——"

他还是说不出话来。伊丽莎白转身离开,追上弟弟们。这一天剩下的时间里,他都没法让她从弟弟身边走远了。当他过去和他们一起玩,她就变成团体中最吵闹的那个。她已陷入一阵奔跑腾挪的狂热,头发披散在背后,衣服也刮破了,脸上手上都是抓痕和血迹,她带着弟弟们一刻不停地追兔子。

* * *

八月,埃尔西·利安德度过无眠夜之后的那个星期天炎热而多云。早上她觉得自己有点生病的迹象,当城里的客人们到来,她又悄悄坐在侧门前的台阶上了。孩子们跑进田地。她涌起一股难以抑制的冲动,想要和他们一起奔跑,大叫,在田垄上疯玩。她站起来,走到房子背面。父亲在花园里忙碌,把蔬菜之间的杂草拔掉。她能听见嫂子在房子里四处走动。在房子前面的门廊上,她哥哥汤姆和母亲一起睡着了。埃尔西走回了台阶,接着起身走到玉米地和围栏相接的边缘。她笨拙地爬了出去,踏上一列玉米旁边的小径。她伸出手碰了碰坚实的茎秆,然后害怕地跪下来,跪在覆盖着土地的杂草上。她就这么待了很久很久,听着远处孩子们嬉闹的喧响。

一个小时过去了。已经是吃饭的时间,嫂子走到后门门口喊他们回来。远处传来应答的高喊,孩子们跑着穿过玉米地,他们翻过围栏,大吵大嚷地跑过她父亲的花园。埃尔西也站了起来,她打算不引人注意地翻围栏回来,这时却听见玉米地里一阵窸窣声。少女伊丽莎白·利安德钻了出来,走在她身旁的是几个月前在埃尔西脚下这块地种下玉米的那位庄稼汉。她看见这两个人沿着玉米的行列缓缓走来。他们之间有了默契。那男人从玉米茎秆的空隙中伸出手来,摸了摸女孩的手,她娇憨地笑着跑开了,迅速翻过了围栏。她手里还拎着被狗咬死的兔子瘫软无力的身躯。

那个农民小伙子走开了。当伊丽莎白走进房子,埃尔西也翻过围栏。她的侄女站在厨房里,拎着死兔子的一条腿。另一条腿被狗给扯掉了。她一看见这位新英格兰女人——她好像在用冷漠严厉的目光注视着自己——就有些羞愧地赶紧进了正屋。她把兔子扔在客厅桌子上,跑出了房间。桌上铺着埃尔西母亲做的白色钩针编织桌布,兔子的血染污了上面精美的花朵图案。

利安德家所有在世成员聚在桌前吃周日晚餐,这个过程贯穿着沉重窒闷的缄默。晚餐结束,汤姆和他的妻子去洗盘子,然后陪老人一起坐在门廊上。这时他们都睡着了。埃尔西回到了侧门前的台阶上,没等再度踏入玉米地的渴望压倒她,她就站起来回到了室内。

这个三十五岁的女人轻手轻脚地在大房子里走动,就像个受惊的孩子。客厅桌上那只死兔子已变得冰冷僵硬。白色桌布上的血都干了。她走上楼去,但没去她自己的房间。她内心洋溢着一股冒险的冲动。楼上有许多房间,其中有一些窗户上都没装玻璃。这些窗户被钉上了木板,狭长的光线就从这些木板的缝隙里钻进来。

埃尔西踮着脚尖走上自己房间旁边的楼梯,推开其他房间的门走了进去。地板上罩着一层厚厚的尘土。在安静的环境中她能清楚听见前廊上在椅子里睡着的哥哥正打着鼾。大概是很远的地方传来了孩子们尖厉的叫声,接着叫声变轻了,就像是前一天晚上她想象中的孩子们从田野里对她发出的呼喊。

她脑中浮现出她母亲紧张而沉默的形象,母亲在前廊上坐在儿子身边,等待这一天在黑夜中结束。这个画面令她如鲠在喉。她渴望着什么东西,但是不知道那究竟是什么。她被自己的心绪吓着了。在房子后部,一间没开窗子的房间里,窗户上的木板裂开了，一只鸟飞了进来，被囚禁在了屋子里。

女人的出现让鸟受了惊吓。它狂躁地四处飞动，灰尘随着它剧烈拍打的翅膀在空气中飞舞。埃尔西一动不动地站着，一样惊吓，不是因为这只鸟的存在，而是因为生命的迹象。她和这只鸟一样是个囚徒，这个念头牢牢占据了她的思想。她想到外面去，去她的侄女伊丽莎白和那个年轻农民在玉米地里漫步的地方，可她又像房间里这只鸟一样——被囚禁了。她不安地走来走去。鸟在房间里飞来飞去。它停在裂开的木板下面的窗台上。她盯着那只鸟惊恐的眼睛，而它也直直地盯着她。然后，那鸟飞走了，飞出了窗户。埃尔西转身离开，急忙跑下楼梯，跑进外面的院子。她翻过铁丝围栏，弓着身子跑进玉米地里的一条隧道。

埃尔西跑进无边无际的玉米地，心中只有一种渴望。她想离开她现在的生活，闯进更甜蜜的、她觉得一定是隐藏在田野某处的生活。她跑了很久以后，来到一片铁丝围栏前面，然后爬了过去。她的头发散开了，披在肩上，脸红扑扑的，这时她看起来就像个少女。当她爬过围栏时，裙子撕开了一个口子。有一个片刻，她小小的乳房露了出来，她慌忙地用手抓住裙子，捏住裂口的两侧。她能听见远处男孩们的声音和狗吠。夏季的暴风雨已经酝酿好几天了，这时乌云开始铺满整个天空。她慌张地往前跑，不时停下来听听那些声音然后继续前进，干燥的玉米叶尖摩擦着她的肩膀，一层纤细金黄的细屑从玉米穗上倾泻而下，落在她头发上。一阵噼啪声伴随着她往前跑动的步伐。那些颗粒在她的头顶形成了一个金色王冠。她听见头顶天空响起低低的轰鸣声，就像大狗发出的沉闷呜呜。

她脑子里不停地想着，她终于勇敢地跑进了她永远无法逃出的玉米地。剧烈的疼痛流过她的身体。此时她不得不停下来，坐在地上休息。她闭上眼睛思索了很久。她的裙子被尘土弄得脏兮兮的。玉米地下的小虫子从它们的窝穴里出来，爬到她腿上。

出于说不清的愿望，这个疲倦的女人一下子倒下去，闭着眼睛静静躺着。她不再惊惶，这些隧道就像温暖而拥挤的房间。痛苦从她身上流走了。她睁开眼睛，透过玉米宽大的叶子看见了一小块一小块黑暗而暴怒的天空。她不想被天色惊扰，于是再次闭上了眼。她纤细的手不再抓着裙子上那道裂口，小小的乳房暴露了出来，胸部痉挛一般起伏着。她把手抬起来放到脑袋上方静静躺着。

埃尔西觉得她仿佛就这么安静而懒懒地在玉米下面躺了几个小时。她内心深处感到有什么事要发生了，那种让她摆脱自己,让她和自己的过去以及家人的过去都分隔开来的事情。她的意识还很不清晰。她静静躺着,等待着,正如她还是个小女孩时,在佛蒙特农场的果园石头旁边曾经等待了许多的年月一样。上方天空传出深沉的咕咕嘟嘟的声响,但似乎这天空和她所熟悉的一切都异常遥远了,不再和她有关。

在漫长的静默之后,埃尔西觉得自己已经像做梦一样脱离了自己的躯壳,这时她听见一个男人大喊。"哎嗨,哎嗨,哎嗨!"那人喊道。在又一阵静默后是应答的声音,人们身体穿过玉米地时发出的哗哗响声,还有孩子们兴高采烈的交谈声。一条狗从田垄跑过来,站在她身旁。它冷冷的鼻子碰了碰她的脸,她坐了起来。狗又跑了。利安德家的男孩们走了过去。她看见他们赤裸的腿在玉米地的通道中时隐时现。她哥哥看到雷雨很快就来,有些担心,想早点带家人回城里去。他在房子那边大喊着,孩子们从田地里回答他。

埃尔西坐在地上,双手紧握在一起,奇怪地感到一股失望。她站起来,慢慢跟随孩子们行进的方向往前走。她爬过一座围栏,裙子又破了一个口子。她一条腿的长筒袜也滑了下来,堆在鞋上。高高的尖细的杂草划破了她裸露的腿,皮肤上留下一道道红印,但她根本不觉得疼。

这个忧心忡忡的女人跟着孩子们走到能看到父亲房子

的地方,又停下来坐在了地上。震耳欲聋的雷声再次响起,汤姆·利安德再次发出呼喊,这一次声音里带着愠怒。他用响亮的、富有男子气概的声调喊出伊丽莎白的名字,这名字像雷声一样在玉米地的通道中翻滚回荡。

接着,伊丽莎白和那个年轻农民一起出现了。他们在离埃尔西不远处停下来,男人把女孩搂进怀中。她一听见他们俩走近,就趴在了地上,身子弯折成她可以偷偷看见他们但不被人发现的姿势。当那两人嘴唇相碰,她紧绷的手握住了一根玉米秆。她把嘴唇埋进尘土。等他们继续前行她才抬起头,嘴唇上沾着一层粉尘。

又一阵很长的静默笼罩田野。她幻想中那些低语的田野上未出生的孩子们的呢喃,此时变成了四处涌动的叫声。风越来越猛烈了。玉米秆弯折,倾倒下来。伊丽莎白心事重重地离开了田地,翻过围栏站在父亲面前。"你去哪儿了?干什么去了?"他质问道,"你不觉得我们该回去了吗?"

伊丽莎白向房子里走去,埃尔西跟在后面,像一只小动物那样手脚并用地爬行着。她爬到围栏前面就坐了起来,手捂着脸。她身体里的某些东西也在弯折、扭结,就像此时被风吹弯的玉米秆。她坐着时没去看那栋房子,再次睁开眼睛,她依然能看到那些神秘狭长的通道。

他哥哥和妻子带着孩子们一起离开了。埃尔西转过头去，看见他们的马小跑着离开了父亲房子后面的院子。埃尔西离开后，这座矗立在玉米地里的乡间屋宅被大风侵袭着，看起来简直是世界上最荒凉的地方。

她母亲从后门走出来，跑到侧门台阶旁边，她知道女儿喜欢坐在那个地方。发现埃尔西不在，她警觉地叫了起来。埃尔西没想要回答。那个老妇人的声音好像和自己没什么关系。那纤细的声音很快就被风声和玉米地的哗啦声吞没了。埃尔西望着房子，看着母亲紧张地在房子周围跑来跑去，然后走回室内。房子后门砰的一声关上了。

酝酿许久的风暴终于咆哮着来临了。迅猛丰沛的雨水倾倒在玉米地里。大团大团的雨水泼洒在这女人身上。积蓄在她体内多年的风暴也因此得到宣泄，她喉中发出悲伤的呜咽。她把自己整个儿抛给这悲伤的风暴，但那不只是悲伤。泪水涌出她的双眼，在她脸上的尘土中留下一道道沟痕。在暴雨偶尔的间歇，她抬起头努力倾听，用她被缠结的、打湿的头发盖住的双耳捕捉，穿过那些打在玉米田房子泥土地板上千万颗雨点的声音，是她母亲和父亲在利安德家的房子里，用尖细的声音一遍一遍地喊她。

战　争

　　这个故事是我从火车上遇到的一个女人那里听来的。当时车厢很挤，我在她旁边坐下。不远处有个男人是和她一起坐车的——一个瘦削、有点女子气的男人，穿着厚厚的棕色帆布外套，像是冬天货车司机的打扮。他在车厢过道里走来走去，想坐在我的位子上，但当时我还没察觉这一点。

　　这女人脸胖胖的，有很大的鼻子。她一定是遭遇了什么，比如被人打过一拳或者摔了一大跤。自然界不可能造出如此宽大而丑陋的鼻子。她用标准的英语和我交谈。我猜她这时对那个穿棕色帆布外套的男人有些不耐烦了，或许是已经和他一起旅行了很多天，也许是好几个星期，于是很高兴有机会花几个小时与别的什么人交谈。

　　人人都了解在深夜拥挤的火车上的感觉。我们的车驶过艾奥瓦西部和内布拉斯加东部。已经下了好几天的雨，田都被淹了。在晴朗的夜晚,月亮出来了,车窗外的风景散发出陌生而古怪的美。

你会感觉到:黑色的光秃秃的树在乡间一丛丛地挺立;一个个水洼反射着月亮的影子,当火车快速前进,月亮也随之迅速飘移;火车转向架发出的咔嗒声;孤零零的农舍的灯光;有时,火车穿过小城奔向西部,你会看见城里一团一团的灯光。

这个女人刚刚离开战火纷飞的波兰,和她的爱人一起逃出那片不幸的土地,天知道他们花了多大的力气。她让我体验到了她本人所体验到的战争,而且告诉了这个我想要讲给你听的故事。

我不记得我们一开头谈了些什么,也无法告诉你,我内心一直奇怪地对她感到共鸣,以至于她告诉我的故事已经变成了车窗外静谧黑夜的一个秘密,而且在我看来如此意味深长。

有一队波兰难民,他们在一个德国人的看管下沿着一条路往前行进。那德国人大概五十岁,留胡子。在我的想象中,他很像是我们国家那种外语教授,比如在艾奥瓦得梅因或者俄亥俄斯普林菲尔德这类地方的学院里。他应该身体健壮,习惯了吃那种相当难吃的食物,这类男人总是这样。他也很喜欢读书,总是喜欢看那种艰深的哲学书。他被卷进战争是因为他是个德国人,而且浸淫在德国的强人哲学里。我还朦朦胧胧地猜想,他脑子里还有另一种萦绕不去的想法,但为了全心全意地服务于他自己的政府,他读了那些书,觉得它们能重新塑造他的情感,让他相信自己为之而战的那些强大的、令人恐惧的东西。因为已经年过五十,他没有上前线,而是来负责运送难民,把他们从被摧毁的村庄送到铁路边能让他们有饭吃的难民营。

这些难民全都是农民,除了这时和我坐在火车里的女人,还有她的爱人和母亲,一个六十五岁的老妇人。他们是小地主,而这伙人里的其他人都在他们的土地上工作。

这伙人在波兰的乡间小路上前进,看管他们的德国人步履沉重地跟在旁边催促他们。他粗暴地坚持逼迫他们快点走,而那个六十五岁的妇人同样粗暴地拒绝向前移动,她差不多是这伙难民的领头人。那个雨夜,她在泥泞的路上停下来,大家都围在她身边。她像顽固的马一样摇了摇头,用波兰语嘟哝着。"让我一个人待着,我就想这样。"她说,"在世上我唯一想要的就是一个人待着。"她不停重复着。接着,德国人走过来,用手推着她的背让她往前走。于是,在这个灰暗夜晚的旅途中,他们不断停顿、她嘟囔几句、他过来推她,这样的过程重复上演。波兰老妇人和德国人对彼此憎恨透顶。

这一队人来到一条浅溪边的树林下面,德国人抓住老妇人的肩膀,把她从小溪上拖了过去,其他人跟在后面。她不停念叨着:"让我一个人待着。在世上我唯一想要的就是一个人待着。"

在树林里,德国人点起了火。他从外套口袋里掏出一个橡胶内衬的小袋子,用里面的火柴和小块干木片生火,令人惊讶地让火在几分钟内就旺起来了。然后他拿出烟草,坐在一条从地面凸起来的树根上开始吸烟,一边盯着这些难民,他们都待在篝火对面,聚在老妇人旁边。

德国人睡着了。他的麻烦就是这么开始的。他睡了一个小时,等他醒来难民都不见了。你能想象到他一下子跳起来,迈着沉重的步子往回走,蹚过小溪,穿过泥泞的小路,想把他的难民都找回来。他怒不可遏,但还没恐慌。他知道这只是一个需要走得多远的问题,就像一个人想把走失的牛找回来一样。

这时,当德国人又遇到那伙人,他和老妇人打了起来。这一次她不再嘟囔着要一个人待着了,而是扑到他身上。她用一只苍老的手揪住他的胡子,另一只手掐进他脖子上厚厚的皮肤里。

小路上,两个人相持了很久。德国人累了,不像他看起来那样强壮,而且他心中有个模糊不清的东西让他没法对老妇人伸出拳头。他抓住她瘦弱的肩膀推了一把,她拉住他。这场打斗看起来就像一个男人试图抓着自己的鞋提站起来。两个人继续争斗下去,都下定决心不会住手,但他们的身体并不强壮。

于是,他们的灵魂开始搏斗了。火车上的女人让我非常清楚地明白了那种情形,尽管要让你们知道这一点或许有些困难。那个夜晚,那列急驰的火车的神秘感,都能让我更好地领会她的意思。在那个雨夜昏暗的光线下,荒凉泥泞的小路上,两个灵魂的搏斗变成了身体性的对抗。空气中都是对峙的紧张气氛,难民们聚在一起,身体发抖。他们因为寒冷和疲倦而发抖,但显然,也是因为别的某些东西。他们能感到周身的空气中潜藏着那个模糊不清的东西。

这个女人说,她当时宁死也想要让这一切停止,要么就有什么人点个火,好让人看清这一切。她男人也是这么想的。那两个人就像是两团风在搏斗,她说,像是一团柔软的轻飘飘的云忽然变得强硬,徒劳地费力要把另一朵云推到天空外面。

后来搏斗结束了,老妇人和德国人都疲惫不堪地倒在地上。难民聚在一旁等待。他们想着还会发生点什么,他们都清楚会有别的事情发生。你会发现,他们一直都抱着这种感觉,他们缩成一团,也许还哭了一会儿。

　　整个故事最重要的地方就是接下来会发生的事。火车上的女人讲得一清二楚。她说，那两个灵魂经过了挣扎，都回到了两个身体之内，但那老妇人的灵魂走进了德国人的身体，而德国人的灵魂走进了老妇人的身体。

　　在这之后，一切都很简单了。德国人坐在路边摇着头，说他只想一个人待着，世上他唯一想要的就是一个人待着；波兰女人从他的口袋里把文件拿过来，让她的同伴一个个回到路上，严厉粗暴地驱赶着他们，当他们累了，她就用手推一把。

　　故事至此还没讲完。那个女人的爱人本来是个学校老师，他拿走了文件，带着他的爱人离开了这个国家。但我已经记不清那些细节了。我只记得德国人坐在路边嘟囔着他想一个人待着，而那个精疲力尽的波兰女人骂出刺耳的话，一整夜赶着疲倦的同胞，一步步走回他们自己的国家。

母　亲

山脚下有片沼泽地,香蒲丛生。山顶上有棵核桃树,干燥的叶子在风中窸窣作响。

她经过那棵树,走进很深很密的草丛中。农舍里,一扇门砰地关上。屋门前的路上,有条狗吠叫着。

很长时间里,这里都阒静无声。后来一辆马车从结冰的路上颠簸着驶来了。低低的喧嚣从地面传到她躺着的草地上,就像一些在她身上动弹敲击的手指。她身上透出一阵芳香。马车过了很久才彻底消失不见。

然后又有一声响动打破寂静。邻近农场里的一个年轻男人悄悄地穿过田地,爬过围栏。他也爬到山上来了,但一时还没看见她几乎就躺在他脚边。他望着那座房子,双手插在裤兜里,像马那样踩踏着结冰的土地。

不久,他发现她在那儿躺着,她的芳香钻进了他的头脑。

他小跑着，在她一动不动的身体旁跪下。和以往他们爬上山来的夜晚相比，一切都变化了。他们结束了交谈、等待。此时的她已经不同了。他胆子大了起来，用手摸着她的脸，她的脖子，她的胸口，她的臀部。她的身体散发出一种陌生而新鲜的结实和坚硬。当他吻她的嘴时，她一动不动，他一时间有些害怕。接着，他忽然有了勇气，在她旁边躺了下来。

他生来就是个农家男孩，耕种过很大一片肥沃的黑土地。

他对自己充满信心。

他深深地耕入她。

他把一个儿子的种子撒在那颤抖着的温暖肥沃的土里。

*　*　*

她体内包蕴着一个儿子的种子。冬天夜里，她从一座小山的山脚下沿路往上走，来到山坡上的畜棚给奶牛挤奶。她高大而健壮。走起路来大摇大摆的。她身体里的儿子也在大摇大摆。

他学会了山丘的节奏。

他学会了平原的节奏。

他学会了双腿步行的节奏。

他学会了那强壮有力的手挤压奶牛乳头的节奏。

*　　*　　*

那是一片贫瘠、布满石头的土地。在温暖的春夜,她走进那些田里,这时肚子里的孩子已经很大了。地面上露出来小小的石头尖,像是一个个被埋葬的小孩子的脑袋。田野沐浴在月光下,平缓地向下倾斜,斜坡尽头是一条潺潺的小溪。几只羊在石头中间走来走去,轻轻啃噬着稀疏的小草。

在这片荒芜的田野上埋葬过一千个孩子。他们费力挣扎,想要破土而出。他们想要走向她。小溪流过石头,发出叫喊。她在田间待了很久很久,因悲伤而战栗。

她从她坐着的大石头上起身,走到农舍里去。她走在小路上,经过沉寂的畜棚,黑暗中的声音朝她呼喊。

在她体内,只有一个孩子在挣扎。她上床后,他的双脚开始踢蹬包围着他的牢狱之墙。她躺着静静聆听。在黑夜的宁静中,似乎只有一个细小的声音来到她的耳边。

无始无终

1

罗莎琳德·韦斯科特,这位看上去高挑、体格强健的二十七岁女子,正走在艾奥瓦的威洛斯普林斯镇附近的铁轨上。那是八月的一天下午四点,那天也是她从芝加哥回到老家的第三天,她在芝加哥工作。

那时的威洛斯普林斯还是个大约有三千人的小镇,后来它更大了。城里有个公共广场,中间是镇政府,广场四周以及对面都是商业机构。广场光秃秃的,没长草,周围伸出一条条两面是木屋的街道,这些狭长笔直的街道不停延伸,最后变成乡间小路,通往平阔的草原上的乡村。

尽管她告诉所有人,她只是因为有点想家而回家待一小会儿,尽管她特别想和母亲就某件事好好谈谈,可实际上她没法跟任何人说话。的确,在家里和父母待在一起令她感到别扭,而且她心里整日整夜地翻腾着离开小镇的强烈渴望。在下午的炽烈阳光下,她走在铁轨上,不住地责备自己。"我心事重重,不好相处。如果我真的想做,为什么我不直接做呢,我不该小题大做。"她想。

从小镇向东延伸的铁路有 2 英里的路段会穿过一片平原上的玉米地。接着有一个平缓的下坡,那就是威洛溪,上面有座小桥。这条溪水这时已经枯竭了,但还有一棵棵树生长在龟裂泥土的灰色条带边上。到了秋冬季和春天,这些土地依然会成为小溪的河床。罗莎琳德离开铁轨,坐在其中的一棵树下。她双颊泛起红晕,额头汗津津的。当她摘下帽子,头发纷乱地散开,有些发绺贴在又热又潮湿的脸上。她就像坐在一只大碗里,碗的边沿都是茂密高大的玉米。在她面前,河床后面是一条灰土小路,晚上牛群就沿着这条路从很远的牧场过来。不远处一大团牛粪像煎饼一样摊在地上,上面沾满了灰蒙蒙的尘土,亮晶晶的黑色甲虫在上面爬动。它们把粪便滚成小球,为繁育下一代甲虫做准备。

罗莎琳德回到家乡小镇的季节,正是人人都想逃离这个干燥、炎热、尘土飞扬的地方的时候。没人想到她会回来,她也没写信预告。在芝加哥,一个炎热的早上,她下床后忽然开始打包行李，当天晚上就回到了威洛斯普林斯，回到了她长到二十一岁的那座房子里，回到了家人身边。她坐旅店巴士从火车站回来，一声不响地走进了韦斯科特家。当时她父亲正在厨房门口的水泵边上，母亲穿着弄脏了的围裙走进客厅迎接她。房子里的一切都和从前一样。"我只是想，我该回家待几天。"她说道，一边放下行李，一边亲吻母亲。

爸爸妈妈看到女儿回来了都很高兴。那天晚上，他们激动地给她做了一顿特别的晚餐。吃完饭后，父亲又像平时那样到镇郊去，但是只去了几分钟。"我只是想去邮局取晚报回来。"他有些愧疚地解释道。母亲穿上了干净的裙子，他们一起坐在门廊的黑暗中。他们毕竟还是在交谈。"芝加哥现在天热吗？今年秋天我打算做很多罐头，本来想过一阵给你寄一罐水果的。你还住在北边原来的地方吗？晚上去湖边的公园散步，一定很不错吧。"

* * *

罗莎琳德坐在离威洛斯普林斯 2 英里之外的铁路桥旁边的一棵树下，望着忙碌的甲虫。在太阳下走了这么远的路，她整个人都很热，轻薄的裙子贴在了腿上。树下草叶的尘土把裙子弄脏了。

她从小镇上跑出来，逃离了母亲的房子。回家三天，她每天都在做这件事。她没有挨家挨户拜访以前学生时代的好友，那些没有像她那样离开，而是一直待在威洛斯普林斯的女孩们，她们已经结婚，在这里安定下来。当罗莎琳德早上看见这些女人在街上推着婴儿车，或许身后还跟着一个小孩，她就会停下来，聊上几分钟。"真热啊。你在芝加哥还住在原来的地方吗？我和我丈夫希望带孩子去那儿待一两个星期。芝加哥一定很好吧，离湖那么近。"罗莎琳德匆匆离开了。

她造访母亲和故乡的日子，就是在这样不断匆匆逃离的努力中度过的。

逃离什么呢？罗莎琳德想为自己辩护。她从芝加哥回到这儿来，是想跟母亲说些什么。她真的是想和母亲说些什么吗？她是不是也想通过再次呼吸故乡的空气，让自己有勇气面对生活，面对生活中的许多困难？

她忍受炎热艰苦的旅途，从芝加哥回到老家，并不是为了日复一日地在酷暑中跑到铁路边，在尘土纷飞的乡村小路上或者玉米地里乱逛的。

"我一定是有什么愿望。那个愿望还没实现。"她朦朦胧胧地想。

威洛斯普林斯是一个相当单调、沉闷的小镇，就像印第安纳、伊利诺伊、威斯康辛、堪萨斯和艾奥瓦几千个类似的小镇那样。但在罗莎琳德的感觉里，它仿佛更加沉闷。

她坐在威洛溪干枯河床边的树下，想着她父母生活着的那条小镇街道，她就是在那儿长成了女人。仅仅是因为机缘巧合，她才没有继续住在这镇上。她的哥哥比她大十岁，已经结婚，搬到了芝加哥。他叫她上他那儿看看，她去了那座城市，然后就留下了。哥哥是个四处旅行的推销员，经常不在家。"为什么你不留下来，和贝丝待在一起，学学速记呢？"他问，"如果你不想学以致用也没关系。爸会照顾好你的。我只是觉得你可能会想学学的。"

* * *

"那是六年前了，"罗莎琳德疲惫地想，"我成为城里人，已经六年了。"她的思绪翻腾不已，一个个念头出现又消失。在城里，她成了速记员之后，某些东西忽然让她觉醒。她想成为演员，于是晚上去戏剧学校上课。她工作的办公室里有个年轻人，一个职员。他们一起出门，一起去戏院，或者晚上在公园里散步。他们接过吻。

她的思绪猛地回到她父母身上，回到威洛斯普林斯的家中和她长到了二十一岁的那条街上。

那不过是一条街的尽头。从她母亲房子前方的窗子望出去，能看见六栋其他的房子。她多么熟悉这条街和这些房子里的人啊！她认识他们吗？从十八岁到二十一岁，她就一直待在家里，帮她母亲做些家务，等待着什么东西。小镇里其他的年轻女子也和她一样等待着。她们都像罗莎琳德那样，从镇上的高中毕了业，父母没打算把她们送进大学。没什么可做的了，除了等待。有些年轻女子——她们的母亲和母亲的友人还把她们叫作女孩——有了年轻的男伴，他们周日来见她们，有时周三周四的晚上他们也来。其他一些女孩加入了教会，参加祈祷会，成为某些教会组织的活跃成员。她们行动起来阵仗很大。

罗莎琳德不属于以上任何一类。在威洛斯普林斯那充满试炼的三年间，她只是等待着。上午，家里有活儿要干，接着，白天就以某种方式消磨过去了。晚上她父亲到郊外去，她就和母亲一起坐着。没什么话说。她上床后一直醒着，古怪地紧张着，渴望一些永远不会发生的事发生。韦斯科特家的种种声响打断了她的想象。她脑海里都发生了些什么呀！

在她脑海中，一连串的人渐渐远离了她。有时她面朝下趴在一个峡谷边上。其实也不是峡谷。它有两面大理石墙，上面刻着古怪的图案。宽大的台阶向下永无尽头地延伸，伸向远处。人们走在大理石墙面之间的这些台阶上，一步步往下走，离她远去。

这是些什么人！他们都是谁呀？从哪儿来的，又要到哪儿去？她没睡着，清醒极了。她的卧室一片漆黑。墙面和天花板都变远了。她仿佛是悬浮在空中，悬在峡谷上面——那个有白色大理石墙的峡谷，墙面上映射着古怪而美的光线。

那些走下宽大的台阶，进入无穷远方的人们——是形形色色的男女。有时，一个和她差不多，但比她更可爱也更单纯的年轻女孩单独经过。这女孩迈着大步，轻快而自由自在地走着，像一只美丽的幼兽。她的双腿和手臂像是轻风中摇曳的树枝那纤细的枝梢。她也沿着往下的台阶走远了。

其他人都沿着大理石台阶走去。年轻男孩单独走着。一个体面的老人经过，身后跟着一个面容姣好的女人。多么了不起的男人啊！你能在他衰老的骨骼中感受到无穷的力量。他脸上的皱纹很深，眼睛充满哀伤。你会觉得他已经知晓了人生的一切，但体内还存活着某种十分珍贵的东西。就是这种珍贵之物让跟在他身后的女人眼中燃起奇异的火光。他们也一级一级踏着台阶离开了。

人们纷纷沿着台阶往下走——那么多的人，男人和女人，少男和少女，孤身一人的老人，还有那些拄着拐杖蹒跚而行的老妇。

在父亲的房子里，在她自己的床上，罗莎琳德的头脑变得轻飘飘的。她想抓住些什么，理解她脑中的事。

但她不能。房子里的声响打断了她的清醒梦。她父亲在厨房门口的水泵旁边，正在抽一桶水。过一会儿，他会把水桶拎到屋子里来，把它放在厨房水池边的一个箱子里。会有一点水溅出来洒在地上，然后发出像小孩赤脚拍打地板的声音。接着，她父亲会去给钟上发条。一天就这么完结了。这时，楼上卧室地板上传来他沉重的脚步声。他会爬到床上，躺在母亲身边。

在罗莎琳德渐渐长大的少女时代，父亲房子在深夜里发出的响动，在她看来多少是讨厌的。她得到机会搬去大城市之后根本不愿再想起这些。即使芝加哥夜晚的寂静总是被千百种噪声——被那些呼啸而过的汽车、午夜过后迟迟归家的人在人行道上噼里啪啦的脚步、夏夜醉汉的争吵打破，即使是在这些噪声中，也总有相对安静的时刻。大城市夜晚绵延不绝的喧响和她父亲房子里持续不断的来自家务活的声音绝不相同。芝加哥的噪音中不会包含着生活可怕的真相，和威洛斯普林斯小镇那条寂静街道上的房子里的声响不同,它们不会和生活贴得如此之近,也不会带来惊吓。有多少次,在那个大城市庞大的喧嚣之中,罗莎琳德却要努力地逃开那些细小的声响!他父亲的双脚踏在通向厨房的台阶上。这时他把水桶放在厨房水池旁边的箱子里。楼上,她母亲的身体重重地陷在床铺中。有大理石墙的峡谷中,美丽的人们顺着峡谷往下走去,这些幻象从她眼前消散。水泼溅到厨房地板上的声音,就像小孩赤脚拍打地板。罗莎琳德想要尖叫。父亲关上了厨房的门。现在他开始给钟上发条。很快,他的脚就又会踩在楼梯上了——

从韦斯科特家的窗户里能看到六栋房子。冬天,煤烟从六个砖砌烟囱里升起,飘入空中。韦斯科特家的房子紧挨着一栋小小的木头房子,那里面住着一个男人,罗莎琳德二十一岁搬到芝加哥那年他三十五岁。他一直未婚,他的母亲实际上也是他的管家,她在罗莎琳德高中毕业那年去世了。从那以后,那个男人就独自一人生活。他在镇中心广场上的旅馆吃午饭和晚饭,不过他自己吃早饭,自己铺床、打扫屋子。有时,当罗莎琳德一个人坐在门廊里,他会慢慢走过韦斯科特家门前的那条路。他脱下帽子和她寒暄。他们目光交汇。他有长长的、鹰嘴般的鼻子,头发很长,而且没有梳理。

　　罗莎琳德有时会想起他。让她有点烦恼的是,有时候他会悄悄地轻声走过,仿佛是为了不去打扰她的白日梦似的。

　　坐在干枯河床边的那天,罗莎琳德就想到了这位单身汉,他已经年过四十,就住在她十几岁时住的那条街上。他的房子和韦斯科特家的房子被木栅栏隔开。有些早晨,他忘了把他的百叶窗合上,而在父亲房子里忙着干活的罗莎琳德就无意中看见他穿着内衣走来走去。那真是——呃,还是别去想了吧。

　　这男人名叫梅尔维尔·斯托纳。他有一笔微薄的收入,不需要工作。有些日子他不会离开房子去宾馆吃饭,只是一整天坐在椅子上,把头埋在一本书中。

　　街上还有一座房子,里面住着一位养鸡的寡妇。她的两三只母鸡被街上的人叫作"高飞者"。它们能飞越鸡圈栅栏逃走,而且总是立即飞到单身汉的院子里去。邻居们都拿这事说笑,他们觉得这一定有所意味。当这些母鸡跑到单身汉斯托纳的院子里去时,寡妇就会拿着棍子来追它们。梅尔维尔·斯托纳从房子里出来,站在窄窄的门廊上。寡妇跑进前门,狂乱地挥舞着手臂,母鸡一阵骚动,飞过了栅栏。它们沿着这条街跑向寡妇的房子。她在斯托纳的大门前站了一会儿。夏天,韦斯科特家的窗户都开着,于是罗莎琳德能听见这一男一女的对话。在威洛斯普林斯，一个没有丈夫的女人站在一个未婚男人的门口与他闲聊，被认为是不成体统的。寡妇想遵循当地的风俗。她还是徘徊了一会儿，裸露的胳膊搭在门柱上。她那双眼睛多么明亮而热情！"如果我的母鸡干扰了您，我希望您能把它们捉起来宰了。"她严厉地说。"每次看到它们沿着街过来，我都挺高兴。"梅尔维尔答道，还俯身致意。罗莎琳德觉得他在跟寡妇开玩笑。她很喜欢他这一点。"如果您不来这儿找您的母鸡，我就永远不会见到您了。千万别让它们有任何闪失啊。"他说，又点了点头。

有一个片刻，男人和女人都踟蹰地看着对方的眼睛。罗莎琳德站在韦斯科特家的一扇窗前看那个寡妇。他们俩没再说什么了。罗莎琳德还不明白这个女人身上发生的某些事——这个寡妇的感官，正得到喂养。而在旁边这座房子里，这个渐渐长成的女子对寡妇生出一股厌恶。

* * *

罗莎琳德从树下跳了起来，攀到铁轨上。她感谢上帝让她脱离威洛斯普林斯小镇的生活，命运把她带到一个大城市里生活。"芝加哥根本谈不上美。人们都说它是一个巨大、嘈杂又脏乱的村子,也许就是吧,但那儿总有生机。"她想。在芝加哥,至少在她生活的过去两三年间,罗莎琳德觉得自己懂得了一点人生。至少有一点,她读了书,那些威洛斯普林斯没有的书,威洛斯普林斯想也想不到的那些书。她还去听了交响乐,懂得了一点线条和色彩有着怎样的可能性,她曾听过那些睿智、博学的人谈起这些话题。在芝加哥,在千百万躁动的男人和女人中间布满了一个个发言的声音。你会时不时地看见或者至少听说这样一些人存在,他们就像她少女时代的幻象中走下大理石台阶的漂亮的老人,这些人体内涌动着某些珍贵的东西。

还有别的——最重要的一点。在芝加哥的过去两年间,她时不时能够花上几个小时或几天的时间,与一位她能说话的男人待在一起。这些交谈让她觉醒了。她感到是这些东西让她成为女人,让她走向成熟。

"我知道威洛斯普林斯的人都是什么样子,也清楚如果我一直待在这儿会变成什么样。"她想。她感到轻松,甚至有些高兴。她回家是因为她自己的生活出现了危机,希望能和母亲谈谈,如果没法谈,就希望能在母亲身边感到些温情。她认为在每个女人体内,都有些被深深埋藏了的东西,一旦受到某种呼唤,这种东西就会忽然来到其他的女人面前。现在,她却觉得这希望,这梦,以及她曾期盼实现的愿望,全都是徒劳的了。在距离故乡小镇 2 英里的地方,坐在宽阔广大的低洼的玉米地里,空中没有一丝风,看着那些甲虫忙碌着准备繁衍新的甲虫,这一切令她有所领悟。她回威洛斯普林斯一趟,总算有了点结果。

罗莎琳德的形象仍然充满青春活力。她的腿很健壮,双肩也很宽。她沿着铁路大步向西走去,回到小镇。太阳滑落得很快。她的视线穿过一块广阔的玉米地上缘,看到远处一个男人正开着车在尘土飞扬的小路上行驶。阳光照亮了车轮掀起的灰尘。飘浮在空中的烟尘变成一片金色粉末落在田野里。"当一个女人渴望从另一个女人那里得到最美好、最真挚的东西,即使那个女人是她的母亲,她也很难找到那种东西,"她冷静地想,"有些东西,是每个女人都必须为自己努力寻找的,那是一条只能独自前行的路。也许这条路的尽头是一个更加丑陋可怕的地方,但只要她不希望被死亡压垮,不希望活着的时候变得像行尸走肉,她就必须踏上那条路。"

沿着铁路走了 1 英里后,罗莎琳德停了下来。她之前坐在溪边树下时,一列货车向东开去,此时,铁轨旁边的草地里躺着一个男人。这人一动不动,他的脸被晒干枯了的草叶深深覆盖。她当时以为,这人一定是被火车撞死了,他就是这样被抛在铁轨边的。她的一切思绪都烟消云散了,她转过身去,轻手轻脚地离开,小心地沿着枕木踏着步子,不弄出声音来。接着她又停了下来。那个躺在草地里的男人或许没死,只是受伤了,伤得很重,把他就扔在那儿是不行的。她想象他受了重伤,但还想活下去,而她能够帮助他。她又沿着枕木挪了回去。那个男人的腿没压坏,身边是他的帽子。就好像是他睡觉之前把帽子放在身旁一样,但一个人不会在这么燥热难耐的草丛里趴着睡觉。她又凑近了点。"啊,先生,"她喊道,"啊,您——您受伤了吗?"

草地里的男人坐了起来,望着她。他笑了。那是梅尔维尔·斯托纳,她刚刚想着的那个人,而且正是因为想到他,她才在这趟徒劳的回乡之旅中找到了某些结论。他站起来,拾起了他的帽子。"你好啊,罗莎琳德·韦斯科特小姐。"他热情地说,他爬上路堤站在她身旁,"我知道你回家来了,但来这地方干吗?"他问道,然后又说,"多么幸运! 现在我能得到和你一起回家的福分了。刚刚对我那样大喊大叫,你可不能拒绝我陪你一起走回去吧。"

他手里拿着帽子,两个人一起沿着铁路往回走。罗莎琳德觉得他看起来像是只巨鸟,一只上年纪的聪明的鸟。"也许是一只秃鹫。"她想。他沉默了一会儿,开始说话了,解释他为什么要趴在草地里。他的眼睛里闪过一丝火花，罗莎琳德猜想他是不是在笑话自己，因为她见过他调侃那个养鸡的寡妇。

他并没有直接切入重点，罗莎琳德感到他们一起边走边聊有些奇怪。不过他的谈吐一开始便吸引了她。他比她大许多岁，毫无疑问也比她聪明。她先前觉得自己比威洛斯普林斯的人都懂得更多，是多么虚荣自大啊。眼前就是一个聪明人，他正在讲话，而他的言语听上去根本不像她设想中家乡的人们口中吐出来的。"我想为我自己解释一下，但先等等。几年来，我一直希望能接近你，和你交谈，现在我终于有这个机会了。你离开五六年了吧，已经变成了成熟的女人。

"你知道，我想接近你，了解你，并不是什么特别私人的原因，"他立即补充道，"我对每个人都是这样。也许这就是为什么我一个人生活的缘故，我没有结婚，也没有特别亲近的朋友。我太急切了。如果待在别人身边，他们会不太自在。"

罗莎琳德被这个男人提出的新观点迷住了。她感到好奇，沿着铁路望向远处，小镇上的房子渐渐映入眼帘。梅尔维尔·斯托纳想要踩在铁轨上往前走，但没走几步，他就失去平衡摔倒了。他长长的手臂在空中乱挥。一种奇异而强烈的情绪和感觉涌入罗莎琳德心中。在那个刹那，梅尔维尔就像个老人，但过了一会儿又像个孩子。和他待在一起，罗莎琳德在那个下午一刻也没歇过的脑子，此刻运转得愈发迅疾热烈了。

当他再次开始讲话，他似乎已经忘了他本来要做的那个解释。"我们是邻居，但我们几乎没说过话，"他说，"当我还年轻，而你还是个女孩时，我曾经坐在房子里想着你。我们实际上是朋友。我的意思是，我们有着相同的想法。"

他开始谈论她在大城市的生活，觉得它有害无益。"这里的生活是单调愚蠢的，但在大城市里，你们也会有你们自己的那种愚蠢。"他断言，"我很高兴我并不生活在那儿。"

当罗莎琳德刚搬到芝加哥住，有件时时发生的事情让她有些吃惊。除了哥哥和嫂子，她不认识任何人，有时感觉非常孤单。当她无法再忍受她哥哥家中千篇一律的交谈时，她就出门听音乐会或者看戏。有一两次，当她没钱买票进戏院，她就大着胆子独自上街，目不斜视地大步疾行。当她坐在戏院里或者走在街上，有时就会遇到奇怪的事情。有人会喊她的名字，叫住她。有一次音乐会上就发生了这样的事，她很快地朝四周打量了一番，她所见到的面孔无一不带着那种特定的神情，半是倦怠半是期盼，你总会在听音乐的人脸上看到这种神情。在整个戏院里，似乎没人注意到她。而在街上或者公园里，她完全是一个人坐着的时候，那个叫她名字的声音又来了。这喊声仿佛就来自空中,从公园里一棵树后面传来。

此刻,当她和梅尔维尔·斯托纳一起走在铁路上,这喊声似乎是从他那里发出来的。他不断往前走,显然沉浸在自己的思绪中,正努力为自己的思绪找到恰当的言语。他有一双很长的腿,走路时迈着一种古怪的飞扬的步子。罗莎琳德脑中浮现出某种大鸟,也许是一种滞留在内陆深处的海鸟的形象,但那种呼喊声并非来他近似大鸟的那部分。还有某些别的东西,另一种隐藏起来的人格。罗莎琳德想象着,这一次喊声来自一个小男孩,另一个目光清亮的男孩,就是她在父亲的房子里醒着做梦的那些深夜所看到过的男孩,他就是那些从大理石台阶往下走去的人之一。她为这个念头吃惊。“那个男孩,就藏在这个像大鸟一样的古怪男人体内!”她对自己说。这个念头唤醒了她内心的幻想。这很大程度上解释了男男女女的生活。她忽然记起了一句话,一条格言,是她小时候在威洛斯普林斯上主日学校时听过的:“神从燃烧的荆棘中向我说话。”她几乎把这句话念出声了。

梅尔维尔·斯托纳在铁轨枕木上大步向前。他似乎已经忘了他之前面朝下趴在草地里那回事,转而不断地讲述着他在小镇上那座房子里独自一人的生活。罗莎琳德试着忘记自己的心事,专注于听他讲话,但不太成功。“我回家来,是希望能接近生活,希望能有几天时间不和男人待在一起,这样才能想想关于他的事。我以为我可以在母亲身旁得到我需要的东西,但那也不可能。如果我碰巧遇上的这个男人能让我得到我想要的,那就有些稀奇了。"她想。她脑子仍然被各种念头占据。她能听见身边这个男人的话,但同时自己的思绪也一刻不停地吐出无声的话。这时,她体内的某些东西突然得到了纾解和释放。自从三天前她在威洛斯普林斯下火车以来,她就一直紧绷着。现在,这种感觉彻底消散了。她看看斯托纳,他也时不时看看她。他眼睛里有某些特定的神情,一种笑意——一种带着嘲讽意味的笑意。他的眼睛是灰色的,冷冷的灰,就像鸟的眼睛。

"我忽然想——我刚刚想到——你看,你去芝加哥六年也都没结婚,如果你像我一样,无法结婚或者无法和另一个人变得亲密,那就有些说不通了。"他说。

他又一次说起了他在那座房子里的生活。"有时我就一整天坐在家里,即使外面天气很好。"他说,"你一定也见过我坐在那儿吧。有时我忘了吃饭。我整天都在看书,想要努力忘记自己的存在,到了晚上,我却睡不着。

"如果我能写作,或者画画、创作音乐,如果我能表达自己心中的所思所想,那么一切就不同了。然而,我却不能像其他人一样去写。对于人们的所作所为，我实在没什么可写的。他们做了些什么呢？那又有什么要紧？好吧，你看他们建造了城市，还有威洛斯普林斯这样的小镇，还建造了我们脚下的铁路，他们结婚，养孩子，谋杀，偷盗，也做了好事。那又有什么重要的呢？你看我们正在炙热的太阳下走着，还有五分钟我们就到镇上了，你会回家，我也会回自己家。你和父母一起吃饭，接着你的父亲去郊区，你上床睡觉。你父亲回到家，会在厨房门口接一桶水，把它拎到屋里，放在厨房水池边的箱子里，还会有一点水洒到地上，地板上发出那种轻轻的拍打声——"

"哈！"

斯托纳转过身来，瞪大眼睛看着罗莎琳德，她有点受惊，脸色苍白。她脑子里很乱，就像一台失控的机器。梅尔维尔·斯托纳爆发出的某种力量让她害怕。仅仅是列举这些稀松平常的事实，他就一下子切中了她内心的隐秘要害。简直就像他已经去了她父亲房子里的那间卧室一样，他了解她躺在卧室里想了些什么。他又笑了起来，一种高兴的笑。"我跟你说，我们在美国，对什么都了解得很少，无论在小镇还是在大都市。"他急切地说，"我们总是忙忙碌碌，我们都想去行动。我只是静静坐着，思考，如果我真的想写，我一定会行动,我会写下每个人的想法。那会让他们吃惊,让他们吓一跳的,不是吗,嗯?我会告诉你,你今天下午在铁路上和我一起走的时候在想些什么。我也会告诉你,你母亲这时在想些什么,她将要跟你说些什么。"

罗莎琳德脸色煞白,双手颤抖。他们离开铁轨,走进威洛斯普林斯的小街。斯托纳忽然变了个样子,刹那间,他看上去就像是一个被年轻女子的出现而弄得有些窘迫的四十岁男人,支支吾吾地说:"我要去旅馆,得和你道别了。"他的脚在地上发出磨蹭的声音。"我本来想告诉你,为什么你看见我趴在草地里。"他说。他的声音感觉有种新的质地。那是他们俩在铁路上一边走一边交谈时,从这个男人体内发出的小男孩对罗莎琳德的呼喊。"有时我没法忍受在这儿的生活,"他几乎是凶狠地说道,大幅度地挥舞着他的长手臂,"我太孤单。我开始讨厌自己。我必须离开这个小镇。"

他没有看罗莎琳德,而是看着地面。他的那双大脚依然在地面上不安地蹭来蹭去。"有年冬天,我想我快要疯了,"他说,"我忽然想起了一座果园,在离小镇 5 英里的地方,在一个深秋的某天,我到那儿去过,梨子都熟了。我突然冒出了一个念头。当时天很冷,但我还是走了 5 英里路来了果园。地面都蒙上了冰霜,积着雪,但我把雪划到一边,然后把脸埋进草间。

那个秋天,当时地上堆满了熟透的梨子,散发出一阵香气,梨子上爬满了蜜蜂,它们大概也醉了,充满了一种狂喜。我记起了那种香气。这就是为什么我又去了那里,把脸埋进冻住的草丛。那些蜜蜂曾有过活着的狂喜,而我想念那种活着的感觉。我总是很想念真正地活着,但那种生活总是在远离我。我总是想象着一个个人从我身旁走远。今年春天,我沿着铁路走到威洛溪的桥边。草地里开满紫罗兰。那时我几乎没注意到它们,但今天我想起来了。那些紫罗兰,就像一个个从我身边走远的人。我心里全都是想要追赶他们的疯狂渴望。我感觉自己就像飞过空中的鸟,我满脑子都是那种固执的想法,认为有些东西从我生命里逃走了,而我必须追上它们。"

说到这里,斯托纳沉默了。他的脸变得苍白,手也开始发起抖来。罗莎琳德几乎是不可抑制地想要伸手握住他的手。她想大叫,大喊——"我在这里,我没死,我活着!"然而,她只是静静站着,盯着他,就像那个养了高飞的母鸡的寡妇那样。斯托纳正在努力从他刚刚那些言语带来的狂热中平静下来。他弯了弯腰,露出微笑。"我希望你能养成在铁路上多走走的习惯,"他说,"那样以后我也知道我该怎么打发时间了。当你回到小镇,我就一直待在铁路上。毫无疑问,你就像紫罗兰一样在那儿留下了芳香。"罗莎琳德望着他。他对她笑着,就像他跟那个寡妇说话时露出的那种笑。她不介意这样。

他离开之后,她慢慢走过一条条街道。他们走在铁路上的时候,那句出现在她脑中的话又浮现出来,她一遍遍地念叨着。"神从燃烧的荆棘中向我说话。"她不停地重复这句话,直到回到韦斯科特家的房子。

* * *

罗莎琳德坐在前廊上,在那座她度过了少女时代的房子里。她父亲还没回家吃晚饭。他是煤炭和木材商人,小镇西边,挨着一条铁路岔线的地方有些未粉刷过的小屋是他的。那儿有一个很小的办公室,里面有炉子,一张靠窗的桌子在角落里。那张桌子上堆满了一大摞没有回复的信件和煤矿、木材公司的广告,它们上面落着厚厚的一层煤灰。他整天坐在办公室里,像一只笼中的动物,但和动物不同,他显然并不烦闷,也不会焦躁不安。他是威洛斯普林斯唯一的煤炭和木材商人。当人们需要这些商品,他们就必须来找他。没别的地方可去。他对此非常得意。他早上一到办公室就开始读《得梅因报》,如果没人来找他,他就坐上一整天。冬天坐在火炉边,如果是闷热漫长的夏季,白天就坐在敞开的窗子旁。显然,田野里匆促转换的季节无法干扰他,他从不会带着一点彷徨、期待或者遗憾地想到,他的人生正在变成一件老旧破败的事物。

在韦斯科特家,罗莎琳德的母亲已经开始做她提了好几次的水果罐头。她在做醋栗果酱。罗莎琳德能听见厨房里锅子正在煮东西的声音。母亲步子很重。年纪大了,她开始发胖。

女儿想得太多,感到疲倦。这一天她体验了太多情绪。她脱下帽子,放在她身旁的门廊里。隔壁斯托纳的房子的窗户像眼睛一样盯着她,指控她。"你看,你步子迈得太大了,"这座房子说道,它在嘲笑她,"你以为你已经了解了人类。实际上你什么也不明白。"罗莎琳德把脸埋进双手。她之前的确想当然了。住在那座房子里的男人就和威洛斯普林斯镇其他人一样,他不像她自以为聪明地推测的那样,是一个死气沉沉的小镇上乏味的居民、一个对生活一无所知的人。他不是已经说出了让她吃惊、让她怀疑自己的话来吗?

罗莎琳德产生了所有焦躁不安的人都会有的那种感觉。她的头脑越是疲惫,越是飞快地运转。新的思想境界出现了。她的头脑仿佛飞行中的机器,已经离开地面,升入高空。

她一直琢磨着斯托纳说过的或者暗示的一个观点:"在每

个人内心都有两种声音,它们都在拼命想要让人听见。"

一种新的视野在她面前展开。人毕竟是可以被理解的。她有可能去理解母亲和母亲的生活,还有她父亲,她爱的男人,以及她自己。这种声音可以对人说话,用嘴说出来的话。这些话很平常,有固定的模式。大多数时候,这些话都没有什么个性可言。它们是从古到今都被人沿用的,很多话无疑曾经是鲜活有力的,发自肺腑,发自人心深处。这些话从隐秘空间逃了出来。它们曾经传达了活生生的真理。后来,它们被人无休无止、不知疲倦地一遍遍重复着。

她想到了她曾见过的一对对男女,她听见过他们交谈,当他们坐在电车上、公寓里,或者走在芝加哥某个公园里的时候。她在她哥哥家度过的那些漫长夜晚,那位四处奔波的推销员总是和他妻子带着有些疲惫的语气交谈。其他人的情形也和他们一样。有意思的就在这儿,他们的嘴唇吐出一些话,但他们的眼睛却说着另一些话。有时,他们嘴里表露着深情,但眼中却流露出厌恶。有时正相反。真让人迷惑!

显然,人们心中总藏着些只能在意外状况下倾吐而出的东西。当一个人受到惊吓或感到恐惧,那些言辞就会从他们口中滚落,成为意义丰富、拥有生命的话语。

她小时候深夜躺在床上时看见过的那些画面又回来了。

她又看见大理石台阶上的人，他们往下走去，走向远处和无限。她自己的思想也开始努力把言语变成从嘴中说出的话。她极度渴望有人能听她说这些话，她站起来想去找母亲，正在厨房里做醋栗果酱的母亲，但接着又坐下了。"他们走下台阶，就会走进那个隐秘话语的厅堂里。"她对自己轻轻说着。这些话让她兴奋、沉醉，正如斯托纳的话一样。她觉得忽然之间自己赢来了极大的成熟，在精神上甚至是身体上都成熟了。她感到轻松，青春焕发，而且无比强健。她想象自己也在迈步，就像她幻想中那个年轻女孩一样，大摇大摆地沿大理石台阶走下去——走进人们内心隐秘的所在，那座由细小私语构成的厅堂。"这样走下去，我就会明白一切了。还有什么我不能明白的吗？"她问自己。

一阵怀疑升起，她微微发抖了。她和斯托纳在铁路上漫步时，斯托纳也在她生命中不断往下走，她的身体就像一个房子，他直接从门口走了进来。他知道她父亲房子里的深夜响动——父亲在厨房门口的井边忙碌，溅出来的水泼在地板上。她还是个小姑娘时，她觉得晚上是自己一个人面对黑暗，一个人躺在她现在身后那座楼的二楼卧室里，然而即使那时，她也并非孤身一人。隔壁房子里那个古怪的、像鸟一样的男人和她待在一起，就在她的房间，她的床上。多年后，他还记得屋里那些可怕的响声,知道它们为何令她恐惧。

他知道这一切,这本身也是可怕的。他一边说着这些,摆明他对这些事一清二楚,一边又流露带有笑意的目光,也许是在嘲讽。

韦斯科特家里,种种家务活持续发出声响。一个在很远的田里干活的男人开始了秋耕,正把他的马从犁上解开。他离这条街很远,在这块平原一块微微凸起的土地上。罗莎琳德盯着他。他把马接连拴到马车上。她就像用望远镜那更大的一侧镜面颠倒着看他。他会驾着马车去一座很远的农场,把它们拉进一个畜棚。然后他回到家里,有个女人在家忙活。或许那个女人也会像她母亲一样做醋栗果酱。男人会像她父亲那样哼哼几句,就像父亲晚上从那个铁路边闷热的小办公室回到家里时那样。"你好啊。"他会说,平淡地、冷漠地、愚蠢地说。生活不过就是这样。

罗莎琳德脑子很累。远处田地里的男人已经赶着马车离开了。片刻间,大地上就见不到他的踪影了,只是空中飘浮着一团薄薄的尘土。房子里的醋栗果酱已经煮了很久很久了。她母亲正准备把果酱放进玻璃罐子。这些动作又像支流那样汇入了全体的声响。她又一次想到了梅尔维尔·斯托纳。他年复一年地坐着听这些声音。这包含着某种疯狂。

　　她自己也进入了有点疯癫的状态。"我必须停止，"她说，"我就像一种弦乐器，弦绷得太紧了。"她疲惫地用手捂住脸颊。

　　接着，一种激动涌过她的全身。斯托纳成为现在这个样子是有原因的。通往大理石台阶之前，有一道锁起来的大门，只有从那里踏出去，才能沿着台阶走到无限远的地方，走入那座充满隐秘声响的厅堂。而打开这扇门的钥匙，是爱。暖流又回到了罗莎琳德的身上。"互相理解，并不总是会带来疲惫。"她想。生命终究会是丰富而骄傲的吧。她把这次到访威洛斯普林斯当作人生中重要的事件。至少她会真正地走近母亲，进入母亲的世界。"这会是我踏上大理石台阶的第一步。"她这么想着，泪水浸湿双眼。她父亲很快会回家吃晚饭，饭后又会离开。母女俩就能单独待在一起了。她们会一起一点点揭开生活的秘密，并建立牢固亲密的纽带。这样一来，罗莎琳德想和一位善解人意的女人谈起的话，也就能和母亲谈起了。或许她这次回威洛斯普林斯，会为自己和母亲都带来丰厚收获。

2

　　罗莎琳德在芝加哥六年间的生活故事，就是这座城市里无数个坐办公室的未婚女子的故事。她去工作并非出于生存的需求，更没有因此集中精力坚持一件工作，她并不把自己看成一名劳动者，也不觉得自己会是永远需要工作的人。她从速记学校毕业后，从一个办公室转移到另一个办公室，一直在积累新的技能，但对自己所做的工作并没有特别的兴趣。这只是一个能让她度过漫长一天的好方法。她的父亲不仅有煤矿和木材厂，还有三个农场，他每个月都给她寄一百美元。她自己工作赚来的钱就用来买衣服，她比办公室里其他女人都穿得更好。

她对这一点非常肯定：她不想回威洛斯普林斯和父母生活在一起，一段时间后也不能再和哥哥嫂子一起住了。这是头一次，她看见整座城市在眼前清晰地展开。当她中午走在密歇根大道上，或者走进一家餐厅，当她晚上坐电车回家，她会看见一对对男女结伴而行，正如夏天周日下午她在公园里或者湖边漫步时那样。在电车上，她曾见过一个脸圆圆的女人把手放进她的男伴手里，在她做这个动作之前，她警惕地向四周打量了一番。她想确认一些事。对于车里其他女人，对罗莎琳德和其他人，她的举动似乎有所意味。仿佛这个女人在大声宣布："他是我的。别试图接近他。"

毫无疑问，罗莎琳德正在从少女时代所习惯了的威洛斯普林斯镇生活的懒散怠惰中觉醒过来，芝加哥至少为她带来了这样的改变。城市广大，无边无际地蔓延，每个人只要让自己的脚步重重地踏击在人行道上，就会不断地走进那些陌生的街道，遇见那些陌生的脸孔。

周六下午和整个周日，人们不会工作。夏天，大家纷纷外出——去公园，和办公室里三五个年轻人一起去霍尔斯特德街加入陌生、缤纷的人潮，去密歇根湖边的沙丘打发一整天。人会变得亢奋而饥饿，饥饿地渴求他人的陪伴。就是这样。人想要得到某个人和他一起出行，依赖他，而且是的——占有他。

她会看书——都是男人写的，或者像男人一样的女人写的。这些书提出的人生观中都有某种根本上的错误，这种错误被人一犯再犯。在罗莎琳德生活的那个年代，这种错误的声音越来越响亮了。有人掌握着可以打开生活那间密室的钥匙，其他人却把钥匙夺了过来，冲了进去。嘈杂粗俗的人群挤进了密室。只要是谈论人生的书，都是那些刚刚挤进这间密室的人写出的。作者掌握了钥匙。他要大声说出他的发现。"性！"他喊道，"正是因为懂得了性，我才能解开生活的神秘。"

这些都很好，有时也很有趣，但人总会厌倦这个主题。

一个夏夜，她在哥哥家里，躺在自己房间的床上。下午她在城市西北区的街上溜达了一会儿，遇到了一场正在行进的宗教游行。圣母玛利亚的雕像正被人们抬着走过街道。四周的房屋经过了装点，女人们从窗子里探出头来，年老的神父穿着白色长袍颤巍巍地走动，强壮的年轻人扛着圣母像的底座。游行的队列停止了。有人开始用清亮的声音唱起了圣歌。其他人也纷纷唱了起来。孩子们在四周跑来跑去向人收钱。与此同时，周围嘈杂闲谈的声音持续不断。从窗子里探出来的女人向街对面的女人喊话，年轻女孩走在人行道上，在那些聚在圣母周围、穿着白衣的男人们转头打量她们的时候发出咯咯轻笑。所有的街角都有小贩在出售糖果、坚果、饮料。

晚上，罗莎琳德放下了她正捧着看的书。

"对圣母的崇拜，就是一种性的表征。"她读到。

"好吧，那又怎么样？如果这么说是对的，那又有什么关系呢？"

她下床脱下袍子，她自己就是处女。这有什么关系呢？她慢慢转动身体，看着自己强健的属于年轻女性的身体。在这具身体里栖居着性。其他人的性，也有可能施加在这身体上。那又有什么关系呢？

她哥哥和他的妻子睡在邻近的另一间房间里。此刻，在艾奥瓦的威洛斯普林斯，她父亲正在厨房外面的水井边接一桶水。他很快就会把水桶拎进厨房，放进水池旁的箱子里。

罗莎琳德脸红了。她站在自己芝加哥房间里的镜子前面,赤裸着身子,那是一个古怪又可爱的形象。她如此充满活力,但还未完全开启。她双眼散射出兴奋的光彩。她继续慢慢转圈,扭着头看她赤裸的脊背。"也许我在学着思考。"她告诉自己。人们对生活的看法包含本质的错误。她也懂得一些东西,那些东西就和那些聪明人懂得并且写进书里的东西一样重要。她也对生活有所领悟。她的身体,还是所谓处女的身体。那又怎么样呢?"假如这身体里的性冲动得到了满足,对解决我的问题又有什么帮助呢?现在我感到很孤独。很显然,等我经历了性之后,我也依然是孤独的。"

3

罗莎琳德在芝加哥的生活,很像一条不断向源头回溯的河,河水奔涌向前,忽然停止,转身回望。正当她开始意识到自己的觉醒不久,她换了个工作,去西北区位于芝加哥河一条支流边的钢琴厂上班。她为这家公司的会计担任秘书。会计是一位身材瘦小的三十八岁男人,有一双白皙而不安的手和笼罩着愁云的灰眼睛。她头一次感到自己真正喜欢上了原本用来打发时光的工作。她雇主的工作职责是评估客户的信用状况,但他难以胜任。他头脑并不灵光,短时间内就犯下两个昂贵的错误,让公司遭受损失。"我有太多事要做了,我的时间全花在那些无穷无尽的细节上。我得找个人帮我。"他向罗莎琳德解释道,显然带着几分懊恼。罗莎琳德就是来帮他分担那些细碎活的。

她的这位新雇主叫沃尔特·塞耶斯,他是一位独子。他的父亲是芝加哥交际圈有名的人物,人人都以为他很富有,他也在努力过一种让众人认为他的确很富有的生活。他的儿子沃尔特本来想成为歌手,并指望着继承一大笔可观的财富。三十岁时,他结了婚,三年后他父亲去世,而他已经是两个孩子的父亲了。

但忽然间,他发现自己一文不名了。他也能唱歌,但他的声音并不明亮。他的嗓子不能让他体面地生存。幸运的是,他妻子自己也有点钱。正是因为她把钱投进了钢琴制造生意,他才能当上这家公司的会计。他和妻子一起退出了上层社交圈,搬到郊区一座宽敞舒适的房子里生活。

沃尔特·塞耶斯放弃了音乐梦想,甚至也放弃了对音乐的兴趣。他家附近的许多男女都喜欢在周五下午去听音乐会,但他不去。"去折磨我自己,琢磨一种我错过的生活,对我有什么好处呢?"他自问道。在妻子面前,他装出一种日益增长的对于工作的兴趣。"这很有意思,像是一种游戏,如象棋棋盘上来回移动的人。我会越来越喜欢它的。"他说。

他努力对自己的工作感兴趣,但并不成功。有些东西他怎么也记不住。虽然他拼命提醒自己的职责所在,但仍然不能十分重视这样的事实,那就是公司的盈利和亏损都取决于他的评估。这是赔钱和赚钱的问题,但对他而言,钱算不了什么。"这是父亲的错,"他想,"他活着的时候,我根本不在乎钱。我受到了错误的培养。面对生活中的战斗,我几乎毫无准备。"他变得格外畏缩,渐渐连本该自然地找上这家公司来的生意都失去了。接着他又变得过于冒险,延长信贷期限,结果又造成了新的损失。

他妻子为这样的生活感到愉快和满意。郊区房子周围有四五英亩地,她沉浸在养花种菜的劳动中。为了孩子们,她还养了一头奶牛。每天她和一个年轻的黑人园丁一起四处忙碌,挖土,给树和灌木施肥,种植,移栽。到了晚上,他开车从公司回家,她就挽住他的手臂,热切地带他四处游逛。两个小孩小跑着跟在他们屁股后面。她热情洋溢,说个不停。他们站在花园低洼处,她谈起了铺瓷砖的必要性。未来的图景似乎让她非常兴奋。"这块地排水后,就会是这里最棒的地方。"她说。她俯下身去,用小铲子翻动柔软的黑土。从地上升腾起一股气味。"看看！看看这土多么黑，多么肥沃！"她兴奋地喊道，"现在这土还有点酸味，因为里面有太多水。"她似乎是在为一个倔强的小孩道歉，"等水排走，我会花些功夫让它变甜的。"她说。她就像一个母亲趴在熟睡婴儿的摇篮旁边。她的热情让他烦躁。

罗莎琳德开始到他办公室来工作时，沃尔特·塞耶斯的人生表象之下缓慢升腾的憎恶的火苗，已经将他的热情与精力烧光了大半。他的身体在办公椅上日益颓圮，他的嘴角显露出深刻的下垂皱纹。表面上看，他总是友善愉悦的，但他那双迷蒙忧愁的眼睛后面，是憎恶在缓慢但持续不断地燃烧。仿佛他想要从一个困住他的噩梦中挣扎醒来，一个有点吓人的、无止无休的梦。他开始有了一些习惯性的动作。桌子上放着一架裁纸机。每次他读客户寄来的信时，就同时把裁纸机拿起来，在他的皮质桌面上刺出一个个小洞。当他有好几封信要签名时，他就拿起钢笔，几乎是凶狠地把笔戳进墨水池里。在签名之前，他就再戳一次。有时，他连续地重复这样的动作十几次。

有时，沃尔特·塞耶斯生活深处发生的事情把他自己也吓了一跳。用他的话说，为了要"打发周六和周日下午的时光"，他学了摄影。带着相机，他能远离自己的房子，不去看妻

子和黑人园丁忙着挖土的那片花园。他有理由去那些田野,
以及郊区边缘延展开来的森林。他也因此能逃离妻子的喋喋
不休,和她有关那座花园的无止境的计划。这个秋天,郁金香
球茎就要在家附近播种了。接着,房子和道路之间会种上一
丛丁香树作隔离带。他们住的这条街上,其他房子里的人会
在周六下午和周日早上修理汽车。到了周日下午,他们就开
车载着家人出门,在驾驶座上静静地坐得笔直。他们会在乡
间小道上飞奔,度过这个下午。这辆车就能帮他们消磨好几
个钟头。周一早上,在这些乡间道路尽头,是城市里等待他们
的工作。他们狂热地朝那工作冲去。

有一阵子,摆弄相机真的让沃尔特·塞耶斯高兴了起来。
观察树皮上或草地里跃动的光线,符合他体内的某些天性。
这是一项充满可能性的、精微的事业。他在家里二楼给自己
开辟了一间暗房,晚上总是泡在里面。把底片放进正在发生
反应的药水里,再拿起来,接着再放进药水里。控制着眼睛的
细小神经完全被调动起来了。你会觉得自己更丰富,至少是
一点点——

有个周日下午,他去森林散步,溜达到了一座小山的山坡
上。他在哪儿曾读到过,芝加哥西南面这片丘陵地带的乡村,
即他居住的郊区之所在,曾经是密歇根湖的湖岸。这些低矮

丘陵从平地升起,被森林覆盖。在更远的地方,山丘再次变为平原。草地苍茫无际地向无限远处铺展。人们的生活也一样。人生太漫长,只能在完成一件又一件无法完全令人满意的工作中度过。他坐在山坡上,眺望四野。

他想到了妻子。她就在不远的地方,在山间的郊区,在她的花园里种植各种植物。那是高贵的劳动。他不该感到恼怒。

不过,他娶她是因为他本以为自己会有一大笔钱,然后他就能做些别的工作。在那样的生涯里,金钱不该是工作的要素,他也不是必须要追求成功。他本来以为,他将有精力追求属于自己的人生。他试过了,不管多努力都无法成为一个优秀的歌手。但那有什么要紧呢?总有一种生活方式——在那种生活中,这些成败都不重要。事物不同层次的光影才是应该追求的。在他眼前,下午的阳光闪烁在覆盖了平原的草地上。它就像呼吸,像是从鲜红嘴唇之间吐出的色彩的水汽忽然笼罩在焦灼干枯的灰色草叶上。这也是一种歌唱。他自己,他自己的身体就能制造美丽。

他又想到了妻子。他眼中沉睡的光线忽然燃烧起来,变成火焰。他觉得自己很刻薄,很不公平。真理到底在哪儿呢?在花园里挖土的妻子,是不是总在收获一连串微小的胜利,跟随季节更迭而前进——好吧,她是不是也变老了一些,变得有些瘦弱、峭薄,也变得庸俗了?

在他看来正是这样,她计划着在黑土地里种下花花草草,这种做法包含着非常自以为是的一面。很明显,她的愿望总会被实现,然后她会因此得意。这也有点像做生意赚钱,整件事里有种根深蒂固的庸俗。他的妻子把手埋进黑土里,它们刨来刨去,摸索植物的根须。她抓住一棵小树幼小树干的样子,就好像她完全拥有了它。

你无法否认,这些举动里包含着对美的摧毁。花园里长着野草,都是些窈窕美好的生命。她想也不想就把它们统统拔掉。他亲眼看着她那么做。

他自己身上也有些什么东西被拔掉了。他难道不是已经屈服于自己拥有妻子和孩子们的事实了吗?他难道不是日复一日做着自己讨厌的工作吗?他内心的愤怒熊熊燃烧。愤怒之火进入了他的自我意识。为什么一棵将要被铲除的野草,要伪装成一种值得被种植的蔬菜呢?而摆弄相机——这不也是一种欺骗吗?他不想当摄影师。他曾想成为歌手。

他站起来,沿着山坡走去,仍然注视着低处平原上移动的阴影。当夜里他和妻子一起躺在床上,她不也像在花园里那样,有时并不真的和他同在吗?他身体内的什么东西被拔掉,另一些东西种了进来——她想要种的东西。就连他们做爱也像是摆弄相机——为了打发周末时光。她过于笃定地靠近他——自信满满。她一点点拔掉野草,好让她自己决定要种的东西——"蔬菜",他厌恶地感叹道——让蔬菜得以生长。爱是一种芳香,是来自喉中,覆盖嘴唇的色调。它就像下午的枯草上闪动的阳光。打理园地、种花,却和爱毫无关系。

沃尔特·塞耶斯的手指抽搐了一下。系着背带的相机被他背在肩上。他抓住背带往一棵树下走去。他把相机高举到头顶,然后猛地砸向树干。那尖厉的碎裂声——这个机械最精妙部件裂开的声音——在他听来如此美妙,仿佛他口中忽然吐出歌声。他再一次把相机举起来,摔在树干上。

4

自从罗莎琳德开始在沃尔特·塞耶斯办公室里工作,她就有了新气象,不再是那个艾奥瓦年轻女孩,从一个办公室跳到另一个办公室,从芝加哥北区一个寄宿公寓漂到另一个寄宿公寓,虚弱地拼命凭借读书、看戏和在大街上独自漫游来探究生活。在这个新办公室,她的生命一下子有了意义和目标,而与此同时,那种困惑已经开始在她心中滋长,后来,就是这种困惑让她奔回威洛斯普林斯和母亲身旁。

沃尔特·塞耶斯的房间位于那座几乎贴着河边矗立起来的工厂三楼,是一间挺宽敞的房间。每天早上八点,罗莎琳德走进办公室把门关上。隔着一条窄窄的走廊,有一个大房间,它和罗莎琳德僻静的活动场所之间隔着两面厚厚的毛玻璃,那就是公司的总办公室,里面的桌子属于推销员、一些职员、记账员和两个速记员。罗莎琳德避免和他们打交道。她总是想一个人待着,尽可能长时间地和自己的思绪待在一起。

她八点上班,但雇主九点半或十点才来。早上和下午总有一两个小时,整个空间都是她自己的。只要她把朝向走廊的门关上,完全是一个人待在房间里时,她就立刻觉得非常自在。即使在她父亲家里,她也从没有过这种感觉。她取下披肩,在房间里走来走去,摸摸这个摸摸那个,把各种东西整理一番。晚上,一个黑人女子会来擦地、清理塞耶斯的桌子,但罗莎琳德会用自己的抹布把桌子再擦一遍。然后她把收到的信件拆开,读过后把它们按照分类一沓沓放好。她想把一部分工资用来买花,想象着一丛丛花放在花篮里,挂在灰墙边上。"过一阵也许我就这么办。"她想。

房间四壁包围着她。"为什么我在这儿这么自在呢?"她自问道。对于雇主,她觉得自己根本不了解他,只知道是个羞涩的、小个子的男人。

她走到窗边,伫立眺望。离工厂不远处的河上有座桥,桥上穿行着满载货物的马车和卡车。天空被烟霭染成灰色。下午,雇主结束工作回家了,她再一次站到窗前眺望。站在这儿,她正好面朝西方,能看见日落的景象。傍晚时分独自站在窗前,她感到无比舒畅。她生活的这座城市是多么巨大辽阔!不知为何,自从她开始给塞耶斯工作,这个城市就像她所在的办公室那样接纳了她,把她变成了自身庞大机体的一部分。快要日落时,下沉的太阳从庞大、堆积的云层间倾泻下一道道光芒。整个城市仿佛都在向上攀援,离开地表,升入浮云。一种幻象出现了。那些荒凉忧郁的工厂烟囱,原本只是挺立在空气中、不断喷出黑烟的冷硬几何体,但此时它们像是浮漾奇异色泽和光线的纤长铅笔往高空伸去。高高的烟囱和建筑本身分离开来,跃入天空。罗莎琳德置身的工厂就有这样一根烟囱,它也在向上跃升。她觉得自己也被抬升了起来,获得了一种古怪的飘浮感。白昼在城市上空流逝的步伐多么雍容!就像跟随白昼的光芒向上攀升的烟囱一样,这个城市也同样留恋着它的痕迹。

早晨,沙鸥从密歇根湖飞向这条河,啄食河面漂浮着的污物。河流是绿玛瑙色的,沙鸥漂浮在河流上,正如有时,夜色中的整座城市仿佛漂浮在她眼前。这些鸟是些优雅、自由又生气勃勃的生命，它们总是骄傲的。也正因此，当它们吃东西，哪怕是吃垃圾时，也看起来那么优雅美丽。沙鸥在空中徘徊、翻腾，它们旋转、滑行着，然后沿着一条长长的弧线轨迹飞向下方的河流，只是轻轻碰触一下水面，就立即再次腾空而起。

罗莎琳德踮起了脚尖。在她身后，那两面玻璃墙后面，是其他的男人女人，但在这个房间里，她是独自一人的。她感到自己属于这里，这是多么奇怪的感觉啊。她也觉得自己属于她的雇主沃尔特·塞耶斯。她不怎么了解他，然而却从属于他。她把手臂高举过头顶，笨拙地试着模仿鸥鸟飞动的姿态。

她被自己的笨拙弄得不好意思了，于是转过身去，又在房间里踱起步来。"我已经二十五岁，现在要去做一只优雅的鸟是有点迟了。"她这么想。她厌恶父母做出的那些迟缓愚笨的动作，而这些动作是她幼年模仿过的。"为什么我的身心没有被塑造得那样优雅美丽？为什么在我出生的那个小地方，没人觉得一个人值得努力变得优雅美丽呢？"她喃喃自语。

罗莎琳德是多么关注自己的身体！她穿过房间，试着轻盈优美地走路。玻璃墙后面的那个办公室里有人突然大声说话，把她吓了一跳，接着她又傻乎乎地大笑了起来。在罗莎琳德来到这个办公室工作后的很长时间里她都相信，自己渴望变得更优雅、更美，渴望摆脱少女时代那种精神上的迟钝氛围，全都是因为工厂窗户面向河流和西面的天空，让她看见早晨沙鸥翱翔进食的画面、傍晚夕阳在烟云和纷乱色彩中沉没的景象。

5

在八月的这天晚上，正当罗莎琳德坐在威洛斯普林斯老宅的门廊上，沃尔特·塞耶斯从河边工厂下班回家，来到他妻子打理的那片郊野花园。一家人吃过了晚饭，他和两个孩子一起在小径中漫步，但两个男孩很快就厌倦了父亲的沉默，跑到母亲身边。年轻的黑人园丁沿着厨房门口的小路走了过来，和他们待在一起。沃尔特在灌木丛后面的一张椅子上坐下。他点了一支烟，但没去抽。烟头不断燃烧，烟雾从他指尖静静地向上盘绕飘飞。

沃尔特闭上眼睛，纹丝不动地坐着，努力想清空一切思绪。此刻，夜晚柔软的黑暗开始降临，将他轻轻包裹。很长时间里他就这样一动不动地坐着，像是长椅上的一尊雕像。他在休憩。他活着，但并没有真的活着。这具紧绷的身体常常保持着活跃、机警,但此时变成了消极怠惰的东西。他把这皮囊扔在一边,让它靠在树丛下的长椅上静静坐着,等待着再次被一个生命栖居。

像这样在清醒和麻木之间悬空的状态,他并不常有。他和一个女人之间有些问题需要解决,但这女人已经远去。他整个人生计划都被打乱了。现在他只想休息。他忘记了自己人生的许多细节。至于那个女人,他没去想,也不想去想。荒谬之处在于他竟然如此依赖于她。他想知道,他对自己的妻子科拉可曾有过同样的感觉。也许有吧。现在她就在不远处,虽然隔着好几米。天几乎全黑了,但她和园丁还在干活,挖土——就在附近——照料土地,好让植物生长出来。

当他头脑完全清空,像宁静夏夜的山间湖泊那样静止,却有些十分微妙的念头冒出来。"我希望你做我的情人——但却是遥远的那种。和我保持距离。"当他指间烟头散发的烟雾缭绕上升,这些话语也不知不觉滑过他的脑海。这句话是想对罗莎琳德·韦斯科特说的吗?她不在他身边三天了。他是不是希望她不再回来了,是不是这些话其实是想对妻子说的呢?

忽然,他妻子高声说了些什么。一个男孩跑来跑去,踏了一棵植物。"如果你们再莽莽撞撞,我就不让你们进花园啦。"

她提高嗓门大喊,"玛丽安!"房子里走出一个女仆,把两个孩子领走了。他们一边往回走,一边抗议。接着,他们又跑了回去,亲吻母亲。先是挣扎,然后是接纳。他们的亲吻就代表接纳命运——代表服从。"噢,沃尔特!"那位母亲喊道。但长椅上的男人一声不吭。雨蛙开始鸣叫。"亲吻,代表接纳。一个人和另一个人的任何身体接触,都代表接纳。"他在心中暗暗得出结论。

沃尔特·塞耶斯心中的微妙声音以很快的语速喋喋不休。突然间,他想放声歌唱。有人告诉他,他声音很小,不浑厚,永远也不能成为歌手。这固然是事实,但在宁静夏夜的花园里,在此时此地,用微小声音歌唱正合适。他将要唱出的声音,也就是他在平静放松的状态下会时不时在他心中响起的那个声音。有天晚上,他和那个叫罗莎琳德的女人在一起。他开车载着她去了乡下,当时他也忽然萌生了和此刻一样的心情。他把车开进一片田野,两个人一起坐在车里。有很长一阵沉默。几只牛走了过来,在附近静立着,它们的轮廓在黑夜里显得十分温柔。他突然觉得自己是一个崭新世界里崭新的人,忍不住唱起歌来。他把同一首歌唱了一遍又一遍,然后沉默地坐了一会儿。接着他把车从田野开出来,穿过一扇门,沿着大路往回开。他带女人回了他在城里的住处。

在夏夜花园的寂静中,他又一次开口,想要唱那首歌。在不远处的什么地方,树杈上的雨蛙也和他一起唱着。他的声音好像离开了地表,升上树梢,离开了他的妻子和那个年轻黑人孜孜不倦挖掘着的泥土。

但他没有唱出来。妻子又开始说话了,她的声音让他失去了唱歌的欲望。为什么她不像另一个女人那样安安静静?

他开始玩一个游戏。在他一个人的时候,有时候就会发生现在这样的情况:他的身体变得像一棵树,像一棵植物那样,生命不受阻碍地从中流淌而过。他曾想做歌手,但这时,他也想做舞者。那一定是世界上最美好的事吧——像小树的尖梢那样随风摇晃,像被太阳烤焦的田地里那些灰白野草一样服从天空变幻的光影之力,瞬息改变色彩,每时每刻都呈现出新的样貌,在生命中也在死亡中存在,永远地活着,不惧怕生命,让生命流淌穿过自己的身躯,任血液无拘无束地奔涌,不要挣扎也不要抗拒,只是这样舞动下去。

沃尔特·塞耶斯的孩子们和保姆玛丽安一起回房子里去了。天已经很黑,妻子也没法再挖土了。正是八月,农场和花园收获的季节,但他的妻子忘记了收获,她只是埋头做着下一年的计划。她沿着花园小路走过来,身后跟着黑人园丁。"我们会在这儿种些草莓。"她说。黑人低声附和。显然,这个年轻人也活在妻子对花园的想象中。他脑子里都是她渴望实施的计划，并为此献出了全力。

沃尔特·塞耶斯通过妻子科拉的身体孕育的两个孩子已经回家上床了。他们将他和生活，和妻子、他置身的花园，以及城市里河边的那个办公室绑定在一起。

他们并不是他的孩子，他忽然清楚地领悟到这一点。他自己的孩子会是完全不同的生命。"男人也能有孩子，就像女人一样。他们的孩子来自他们的身体。他们会一起玩。"他想。他仿佛看见，从他幻想中诞生的孩子此时就在他坐的长椅旁边玩耍。此时，居住在他体内但又能离开他的事物，开始在小路上奔跑，在树梢摇来晃去，在轻柔的光线下跳舞。

他的思绪渴求着罗莎琳德·韦斯科特的身影。她离开了这个城市，回到艾奥瓦的家人身边。她在办公室留了张字条说可能会离开几天。他和罗莎琳德之间那种雇主与雇员的工作关系早已被推翻了。他需要一种自己并不具备的素质来维持目前的这种关系，无论对方是男是女。

片刻间，他想忘记罗莎琳德。她也经受着挣扎。两个人曾想成为情人，但他又极力避免这种事发生。他们曾经谈过这个话题。"好吧，"他说，"这是行不通的。那只会给我们增加一些不必要的烦恼。"

他不想进一步发展他们的关系，对这一点，他足够坦诚。"假如她现在就在这儿，在花园里和我待在一起，那也没什么关系。我们可以做情人，并且忘记我们是情人。"他这样告诉自己。

他的妻子走过来，在附近停下。她继续用低低的声音谈论着，讲述着下一年的种植规划。黑人就站在她身旁，他的形体在一丛低矮灌木的枝叶间投下一团浓重的暗影。妻子穿着白裙子，他能看得很分明。在昏暗光线下，她看上去有少女气，还很年轻。她抬起手，把手搭在一棵小树上。那只手好像离开了她的身体。她斜靠着的身体让小树轻轻晃动了一下。白皙的手在空中缓慢挥动。

罗莎琳德·韦斯科特回家来，是要告诉母亲她恋爱的事。她在办公室留下的字条里没提这些，但沃尔特·塞耶斯明白她回艾奥瓦小镇抱着这样的目的。挺奇怪的，人们总会跟别人说起自己的恋爱，想要跟别人解释自己的爱。

黑夜像一个人那样待在沃尔特·塞耶斯身边，待在这个沉默地坐在花园里的男人身旁。只有他幻想的孩子们明白这一点。黑夜有生命，它涌向沃尔特，将他包裹起来。"黑夜是死亡的甜蜜的弟弟。"他想。

妻子站在咫尺之遥的地方。她的声音轻柔低缓，黑人回应着她对未来花园的设想,他的声音也是轻柔低缓的。黑人的声音有一种音乐性,或许包含着某种舞蹈。沃尔特记起了园丁过去的事。

来塞耶斯家干活之前,这个年轻的黑人陷入了麻烦。他本来是个野心勃勃的年轻人,他听过许多人的故事,听过那些美国空气中和大街小巷的各色人家里弥漫着的宣言。他想好好生活,曾试图努力学习。他本想做一名律师。和他原先的族人,和非洲丛林中的人们相比,他走了多远啊!他想在美国大城市里做一名律师。这是怎样的愿望!

不过他陷入了麻烦。他的确从大学毕业了,开了一家律师事务所。有天晚上,他出门散步,不知怎么走进一条街,这条街上恰好有个白人女子在一个钟头前遇害。人们发现了女人的尸体,又发现他也在街上。塞耶斯太太有个兄弟是律师,在这律师的帮助下,黑人躲过了以谋杀罪被捕的厄运,在审判结束、黑人被判无罪后,律师劝说塞耶斯太太雇他做园丁。他在城市里的职业生涯以失败告终。"他受了不少苦头,只是因为运气好才逃过谋杀的罪名。"律师说。科拉·塞耶斯同意收下这个年轻人。她为他安排的出路就是留在自己身旁,为自己的花园忙活。

显然,这两个人已经绑在一起了。一个人要让另一个人依赖自己，就不能不同时也依赖对方。这时，妻子对园丁没什么要说的了，他沿小路往厨房门口走去。在花园一角有个小屋是他的，屋里有书和一架钢琴。有些晚上他会唱歌。现在，他正回到自己的屋子里。他读了不少书，因此也丧失了和族人之间的联系。

科拉·塞耶斯走进屋里，沃尔特正一个人坐着。过了一会儿，年轻黑人静悄悄地从小路走了过来，他走到一棵树边停下，不久前科拉就是依靠着这棵树跟他说话的。他把手放到小树树干上，摸了摸她的手也摸过的位置，然后静静地离开了。他离去时没发出一点声音。

又过了一个钟头。在花园脚下的小屋里，黑人开始轻声歌唱。有时，他半夜也唱。他过着怎样的生活啊！他本来离开了黑人族群，离开了那些温馨的棕色的女孩，金色光线在她们泛蓝的黑皮肤上闪耀不已，他到北方读完大学，接受了那些想要提升黑人心智的粗鲁之人给出的赞助，他依附于他们，想要按照他们倡导的方式生活。

但他此时待在塞耶斯家花园后面的小屋里。沃尔特几乎不记得他妻子跟他说的关于这个黑人的事。法庭上的遭遇让他吓坏了，他不想再离开塞耶斯家。教育和书籍曾经影响了他，他也无法再和自己的同族一起生活了。在芝加哥，大部分黑人都拥挤地居住在南区的几条街上。"我想成为奴隶,"他曾对科拉·塞耶斯说,"你也可以给我钱,如果那样会让你更安心,但我用不着钱。我只想成为你的奴隶。如果我知道自己永远都不用离开你家,那我会非常高兴的。"

黑人唱着一首声调低沉的歌,歌声像一阵微风掠过池塘水面。这首歌没有歌词。他从父亲那里学会了这首歌,而父亲又是从自己的父亲那里学会的。在南方,在阿拉巴马和密西西比,黑人把一捆捆棉花搬上河里的轮船时,就唱着这首歌。他们从那些死去很久的棉花搬运工那里继承了这首歌。在没有任何棉花需要搬运的很久很久以前,在那些非洲河流中行驶的船上,黑人们都唱过这首歌。年轻黑人乘船在河里漂流,来到他们打算在黎明时袭击的一座小城,那时,他们的歌声还有种虚张声势的意味,那是唱给城里的女人们听的,歌声既带来抚慰又包含威胁。"到了一大清早,你们的丈夫、兄弟和情人都将被我们杀掉。然后我们就找你们去,把你们抱在怀里。我们会让你忘记,用我们炽热的爱和强悍的力,让你们忘记过去。"这就是这首歌曾经的意义。

沃尔特·塞耶斯想起了很多事。以前那黑人唱歌的某些晚上,沃尔特躺在二楼的房间里,妻子过来找他。房间里有两张床。她在自己床上坐了起来。"你听见了吗,沃尔特?"她问道,然后走过来坐在他床上,有时还钻进他怀里。在很久以前,非洲的那些村庄里,当这首歌从河面飘扬升起,男人们就会振作起来准备战斗。这首歌代表叛逆和嘲讽。但现在这一切都不存在了。那个年轻黑人的屋子在花园低处,沃尔特和妻子则住在高处一栋更大的房子里,此刻躺在二楼的房间里。那是一首忧伤的歌,充满了一个种族的悲哀。有些什么东西深埋在土地里,想要破土而出。科拉·塞耶斯明白这一点。那首歌触动了她内心深处的某些本能。她伸出手抚摩丈夫的脸,抚摩他的身体。歌声令她想要紧紧抱住丈夫,完全地占有他。

夜更深了,天气更加寒冷。黑人停止了歌唱。沃尔特·塞耶斯起床出门,沿着通往黑人屋子的小路往前走,但他没有走进屋子。他走出临街的大门,在郊区的街道上一直走下去,直到走进开阔的乡野。天上没有月亮,但星星很明亮。一时间,他匆匆忙忙地往前赶,不时回头打量,仿佛害怕有人跟踪,但当他来到一片宽阔平坦的草地上,就走得舒缓多了。走了一个小时后,他停下来坐在一团干草上。不知为何,他觉得整个晚上都不会再回自己的房子了。到了早上他就会直接去公司,等罗莎琳德来。然后呢?他不知道接下来他该做什么。"我得编个理由,早上我得跟科拉打电话,然后扯些愚蠢的鬼话。"他想。多么荒谬啊！他一个成年男人，却没法不加解释就去田野里，在室外待上一夜。这想法令他恼怒，他又站起来继续走。在这个温柔夜晚的星空下，在宽阔无边的平原上，恼怒的心情很快就消散一空，他开始轻轻歌唱，不过这首歌并不是他和罗莎琳德坐在车里、有牛群靠近他们的那天晚上他不停地唱着的那首歌。这首歌是那个黑人唱的歌，是青年的黑人战士曾在河流上唱的歌，但这首歌却因黑奴的历史而变得柔软了，还覆上一层忧郁的色泽。在沃尔特·塞耶斯的口中，这首歌却丧失了大半的忧伤情调。他几乎是欢快地步行着，他口中吐出的歌声带着讽刺，像是在发起挑战。

6

在威洛斯普林斯，韦斯科特一家住的那条小街尽头是一片玉米地。当罗莎琳德还是孩子的时候，那儿是一片草地，更远的地方有个果园。

夏日午后，小罗莎琳德常常去那儿，独自坐在小溪边，小溪向东蜿蜒，汇入威洛溪，能起到沿路灌溉农田的作用。小溪让平坦的土地微微凹陷，就在凹陷中，罗莎琳德背靠一棵老苹果树坐着，赤裸的双脚快要碰到水面了。母亲不允许她赤脚在街上跑,但一等她走进果园,她就把鞋脱了。她因此感到一股酥痒的、赤裸的快乐。

透过头顶的树枝,小女孩能看见广袤的天空。一大团白云飘散成碎片,碎片又再度聚合。太阳在一大朵云团背后转动着,灰色的阴影在远处田野的表面静静滑移。她幼年的生活,韦斯科特家的房子,梅尔维尔·斯托纳独自坐在家里的场景,街上其他小孩的叫声,这些她熟悉的世界都离她而去了。置身于这样安静的地方,就好像夜里躺在床上睡不着,只是此时更美更好。四周听不见乏味的家务活的响声,她呼吸的空气也更加甜美干净。小罗莎琳德会做一个小游戏。果园里所有的苹果树都很老,树皮疙疙瘩瘩,她给每棵树都起了名字。一个大胆的幻想让她吓了一跳,但同时也让她兴奋。她幻想着深夜当她睡着了,当整个威洛斯普林斯的人都睡着了,这些树就会离开土地,四处走动。树下的草地,篱笆旁边的灌木——一切都离开了土地,疯狂地到处乱跑。它们会狂热地跳舞。那些老树,就像一些高贵的老人,它们凑在一起交谈。走起来的时候,它们的身体微微摇晃——一前一后地摇摆。灌木和开花的野草在小草之间绕着大圈跑动,小草在原地上下跳着。

有时候,在温暖明亮的下午,她背靠树坐着,小罗莎琳德玩着"万物跳舞"的游戏，直到她自己害怕起来，不得不停下。附近田地里男人们在栽种玉米。马的前胸和宽阔强壮的肩膀把年幼的玉米苗往两边推开，发出低低的摩擦声。时不时有人高声叫喊。"欸，乔！弗兰克，快给我进去吧！"养鸡的寡妇养了一只毛茸茸的小狗，它偶尔爆发出一阵狂吠，显然没有任何原因，没有任何意义，只是热烈地叫着。罗莎琳德屏蔽了所有的声音。她闭上双眼挣扎着，想要进入那个比人类声音更遥远的地方。过了一会儿，她的愿望就达成了。很远的地方有一阵低沉甜美、如同呢喃一般的声响。这事果真发生了。带着一种撕裂般的响声，树木们纷纷升起，踏在地面上。它们迈着恢宏的步伐走向彼此。着魔的灌木、开花的野草也都跑了过来，狂乱地跳着舞，现在快乐的小草也开始蹦跳了。罗莎琳德无法在这种幻象中停留太久，那太疯狂也太快乐了。她睁开双眼跳了起来。一切又恢复了正常。树还是坚牢地扎根在土地里，野草和灌木回到了原本篱笆旁边的位置，小草在地表沉睡。她觉得自己的父母，自己的哥哥，还有她认识的所有人都不会赞成她和他们生活在一起。那个万物都在舞蹈的世界是美丽的，但也是邪恶的。她了解这一点。有时她自己变得有点疯了，然后她会受到鞭打、责骂。她幻想的疯狂世界必须放到一边。她感到有些害怕。有一次，当这种幻想再次出现,她就哭了,一直哭着跑到篱笆边。一个种地的男人走了过来,把马停在旁边。"发生什么啦?"他大声问道。她没法解释,于是撒了个谎。"被蜜蜂叮了。"她说。那男人笑了。"你会恢复的。最好把鞋穿上吧。"他劝道。

行走的树和欢跳的草,都是罗莎琳德童年的事了。后来,当她从威洛斯普林斯高中毕业,在去芝加哥之前,她在韦斯科特家的房子里度过了三年等待的时光,果园又带给了她另外一些经历。那时她已经读了一些小说,也和其他年轻女人闲聊过。她知道了许多她实际上并不了解的事。在家里阁楼上,保存着她和她哥哥小时候曾睡过的摇篮,摇篮里的褥子被子都被收进一个箱子里了。她把箱子找了出来,把摇篮铺好,仿佛在等待一个小婴儿的到来。她做完这件事就感到羞耻。母亲上阁楼来可能会看见这些。她又立即把被子收进箱子,回到楼下,害羞得双颊绯红。

多么令人迷惑啊!有一天,她去了学校里要好的女朋友家里,那个女孩快要结婚了。还来了几个女孩,她们一起走进卧室,新娘的嫁妆都放在床上。这些柔软美丽的小物件! 所有人都走上前去,站在床前看,罗莎琳德也和她们一起看着。有些女孩很害羞,另一些女孩很大胆。其中有一个瘦瘦的女孩是平胸,她的身材像门一样平,声音纤细尖厉,脸蛋也是尖尖的。她怪声怪气地大叫了:"多么美妙,多么美妙啊。"她一遍遍地喊着。那声音几乎不像人发出来的,像是森林里被伤害的某种动物,它躲得远远地,感到委屈。接着那女孩在床边跪了下来,开始痛苦地抽泣。她解释说,她无法接受自己同校的朋友就快要结婚了的事实。"别这么做!哦,玛丽,别这么做!"她恳求道。其他女孩都笑了,但罗莎琳德难以忍受这样的场面。她从那座房子里冲了出去。

这是罗莎琳德有印象的一件事,当然还有其他一些事。有一次,她在街上见到一个年轻男人,他是一家商店的职员,罗莎琳德不认识。然而,她却不由自主地幻想她和他已经结婚了。这种想法让她感到羞愧。

几乎一切都让她羞愧。夏天下午,她走进果园,背靠着苹果树,像她小时候那样把鞋和袜子都脱了。不过她幼年的幻想已经无法重现了,没有任何力量能把它找回来。

罗莎琳德的身体是柔软的,但她的血肉充满坚定顽强的力量。她离开背后的树,躺在地上。她把身子压进草丛,压向坚硬的地面。她仿佛觉得自己的思绪和幻想,还有她体内全部的生命都已经消逝,尽管她的躯壳还活着。土地也向上推挤着她的身体。一片黑暗。她已被囚禁。她正用力推着自己囚牢的墙壁。一切都是黑暗的,整个世界都被沉寂笼罩。她用手抓起一把草,在草丛间摩挲。

接着她安静了下来,但没有睡着。似乎有种和她身下的土地、周遭的树木、天空中的云朵毫无关系的东西,想要来到她面前,进入她的身体,一种生命的白色奇迹。

但那种奇迹不可能发生。她睁开眼睛,天空依旧在头顶,树木依旧静静挺立。她又回到树下,背靠着树干坐下。她害怕地想到夜晚就快来了,她又不得不离开果园回到韦斯科特家。她十分疲惫,这种疲惫让她在别人眼里看来就像是一个平庸愚蠢的女孩。生命的奇迹在哪儿呢?不在她体内,也不在土地里。那就一定是在头顶的天空中吧。很快就入夜了,星星都会出来闪耀。也许那种奇迹在现实中并不真的存在。它和上帝有关。她想上升,立即升入上帝的屋宇,和那些轻盈而强悍的男女在一起,他们早已死去,只把乏味和沉重留在身后的尘世里。想想他们,她就觉得轻松了些,有时,当她傍晚从果园里走出来的时候,会因为这种思绪而步履轻盈。仿佛有种近乎神恩的力量进入了她高挑而强健的身躯。

* * *

罗莎琳德离开了韦斯科特家的房子,离开了艾奥瓦的威洛斯普林斯,她觉得生活本质上就是丑陋的。从某个层面来说,她厌恶生活和人群。在芝加哥,有时令她感到难以置信的是,整个世界竟变得如此丑陋。她试图摆脱这种感觉,但它一直紧紧跟随着她。她穿过拥挤的街道,那些大楼是丑的。众多面孔像一整片海洋一样浮现在她眼前,那是一些已经死去的人的面孔。他们体内乏味空洞的死亡也同样在她身上。他们都无法打破自己周身的墙壁,见证生命的白色奇迹。可能根本不存在这种生命的白色奇迹。那也许只是头脑构想出来的。生活本质上有某种肮脏。尘土在她身上,也在她体内。有一天晚上,她在回到北区家里的路上,走在拉什街的桥上,她忽然抬头,看见碧绿的河水从湖泊流向陆地。近在咫尺的地方是一家肥皂工厂。城市里的居民们把河流掉了个个儿,让它反过来流动,从湖中流向内陆。有人在河流进入城市的入口处建了一座很大的肥皂工厂,河流从此流向众人居住之地。罗莎琳德停下来,目光沿着这条河望向那片湖。男人和女人,马车,汽车从她身边快速经过。他们是肮脏的。她自己也是肮脏的。"一整片海洋里的水,几百几千万的肥皂,也无法把我洗干净了。"她想。生活的肮脏似乎已经是她活着的要素之一,她忽然涌起一种十分强烈的、席卷般的渴望,想要爬到桥栏杆上,跳进那条碧绿的河中。她身体剧烈地颤抖着,终于低下头,紧紧盯着桥面飞快离开了那座桥。

*　*　*

现在,罗莎琳德身为一位成熟女子,正在韦斯科特老宅的餐桌上和父母坐在一起。三个人都没在吃东西。他们热烈地谈论着母亲做的饭菜。罗莎琳德看着她母亲,想起梅尔维尔·斯托纳说过的话:

"如果我真的想写,我一定会行动,我会写下每个人的想法。那会让他们吃惊,让他们吓一跳的,不是吗,嗯?我会告诉你,你今天下午在铁路上和我一起走的时候在想些什么。我也会告诉你,你母亲这时在想些什么,她将要跟你说些什么。"

罗莎琳德的母亲在女儿突然从芝加哥回来后的三天里,都在想些什么呢?关于女儿们的人生,母亲们都会怎么想呢?母亲们有什么重要的话会对女儿们说吗,假如她们真的有,那她们又会在什么时候准备好说出那一切呢?

她仔细看了看母亲。这位上年纪的妇人身体沉重而松弛,她有和罗莎琳德一样的灰色眼睛,但那双眼睛已经十分迟钝，像大城市肉店橱窗冰块上躺着的鱼。女儿被她在母亲脸上看到的状况吓着了。那是一个尴尬的瞬间。奇异的紧张气氛出现在房间的空气里，三个人都突然从座位上站了起来。

罗莎琳德帮母亲收盘子，父亲坐在窗边椅子上看报。女儿再一次避免看向母亲的脸。"如果我要做我之前想做的事，我必须打起精神来。"她想。这很奇怪，在罗莎琳德的想象中，她看见梅尔维尔·斯托纳像鸟一样瘦削的脸和沃尔特·塞耶斯急切又疲倦的脸飘浮在母亲的脑袋上方，此时母亲在水池旁俯下身子洗盘子。两个男人的面孔都对她露出嘲笑的神情。"你觉得你能做到，但你不能。你只是一个年轻的小笨蛋。"两个男人的嘴里似乎吐出了这样的话。

罗莎琳德的父亲则在想女儿到底打算在家里待多久。吃过晚饭，他走出家门去郊外，又觉得他这么做是对女儿的不礼貌。当两个女人在厨房里洗盘子，他就戴上帽子，去后院砍柴。罗莎琳德走到前廊坐着。盘子都洗好了，也擦干了，母亲还会在厨房里忙活半个小时。她总是这样。不停地整理东西，把盘子拿起来又放回去。她没法离开厨房。她似乎非常害怕在她上床睡觉、沉入虚无梦境之前必须度过的这几个钟头。

当亨利·韦斯科特转过房子的拐角碰到女儿的时候，他吓了一跳。他不知道这是怎么回事，但觉得有些不自在。他停下来看了她一会儿。她浑身闪耀着生命活力。她眼睛里，那双灰色的锐利的眼睛里有火焰在烧。她的头发是玉米穗一样的金色。此时此刻，她是属于玉米地的完整、可爱的女儿，一个值得被热烈爱慕的生命，需要属于玉米地的某个男孩来爱她——假如这片土地上真有这样一个男孩，和他的女儿一样充满活力。父亲本来想偷偷溜出屋子。"我要去郊外一会儿。"他迟疑地说。他还是徘徊了片刻。一些古老的沉睡之物已在他体内醒来，那是被女儿惊人的美丽唤醒的。他的身体像一座老房子，一簇小小的火苗从焦黑的屋椽上燃起。"你看起来真漂亮，丫头。"他不好意思地说，接着就转过身去，往门口和大街上走去。

罗莎琳德跟着父亲来到大门口，站在一旁看着他慢慢走下小街，从拐角离开。和梅尔维尔·斯托纳交谈而引起的那种心境又回来了。父亲是不是有时也像梅尔维尔·斯托纳那样想？是不是孤独把他逼向了疯癫的边缘，让他整夜寻觅某些丧失了的、隐藏起来的和快要遗忘了的甜蜜？

当父亲消失在拐角，她也走出大门来到街上。"我要去果园坐会儿，等母亲在厨房里干完活再回去。"她想。

亨利·韦斯科特沿着街一直走到镇政府所在的广场上，

然后走进伊曼纽尔·威尔逊的五金店。还有两三个男人和他在那儿见面。每天晚上他就坐在这几个同镇子的男人中间,也不说些什么。这只是为了逃离自己的家和妻子。其他几个男人也是为了同样的原因来的。一种有些扭曲的、淡漠的男性友谊就这样形成了。这个小团伙中的一个人,一个做油漆工的小个子老头始终未婚,和母亲住在一起。他快六十岁了,但母亲还活着。这引起了人们的好奇。有些晚上,当油漆工赴约稍微迟了些,剩下的人中间就会发生一阵轻微骚动,这种议论只是停留了一会儿,就像尘土一样落在空房子里了。那位年老的油漆工在自己家会不会干家务活呢,会不会扫地铺床,还是说他的老母亲在帮他做这些事?伊曼纽尔·威尔逊讲了一个他以前常讲的故事。他年轻时在俄亥俄一座小城待过,在那儿听来了这个故事。有一个老头,就像这位油漆工一样,他的母亲还活着,和他住在一起。他们很穷,冬天连够两个人盖的被子都没有,于是他们俩挤在一张床上。不过那是再纯洁不过的了,就像一个母亲带着小孩上床睡觉。

亨利·韦斯科特坐在店里听伊曼纽尔·威尔逊第二十遍讲这故事,想到了女儿。她的美让他觉得有点骄傲,觉得比这些男人更高出一筹。以前,他从没想过自己女儿是漂亮女人。为什么他过去从未注意到她的美呢?在这么热的八月,为什么她要从湖边的芝加哥回到威洛斯普林斯来？她回家真的是因为想见父母吗？忽然，他为自己沉重的身躯、邋遢的衣服和没刮胡子的脸感到有些羞惭，刚刚在体内烧起来的小火苗这时熄灭了。油漆工走了进来，带来了男性友谊的那种若有似无的气味，韦斯科特深深依赖着的那种友谊又重新建立了起来。

罗莎琳德背靠着树坐在果园里，就是她小时候坐着幻想万物都在跳舞的那个地方，也是从高中毕业后身为年轻女人的她想要打破牢墙、进入真实生活的地方。太阳已经落下去了，夜晚的灰暗阴影在草地上匍匐，树的影子越拉越长。果园已被荒废很久，许多树都已经死了，一片叶子也没有。枯枝的投影像瘦长的手臂那样伸展，在草地上摸索着前行。细长的手指张开，然后抓住地面。没有风，夜色暗淡，也看不见月亮。这是平原上一个闷热的、有星光照耀的黑暗夜晚。

再过不久，就会是一个完全黑暗的夜晚了。草地上移动的阴影已经很难辨识。罗莎琳德感到死亡充溢了自己周遭的一切，充溢在果园里和这个小镇上。沃尔特·塞耶斯曾对她说过的话猛地钻进她的思绪。"等你有机会一个人晚上在乡下待着，你可以试着把自己完全交给夜色和黑暗，交给那些树的倒影。如果你真的沉浸其中，你会发现那种体验会告诉你一个惊人的故事。你会发现，尽管白人已经拥有这片土地好几个世纪，尽管他们已经在各处建立了城镇，从土里挖掘出煤矿，为土地铺上铁路、大大小小的城市，但这整片大陆上没有一寸土地是属于他们的。这陆地仍然属于一些身体已经死去，但精神仍然存活的人。那些红色人种，虽然他们作为一个民族实际上已经不再存在，但仍拥有着美洲大陆。他们的想象让这片土地住满了幽灵、上帝和鬼魂。这是因为，在他们那个年代，他们热爱这土地。关于我说的，各个地方都能找到证据。我们没有给我们的城市起什么美好的名字，因为它们不是以美好的方式建立起来的。如果美国的城镇有什么好听的名字，那就是从其他种族那里偷过来的，来自那个仍然占有我们脚下土地的种族。在这儿，我们都不过是陌生人。等你一个人晚上在乡下，无论你在美国什么地方，你都试试把自己完全交给黑夜吧。你会发现，死亡只会居住在征服了这片土地的白人体内，而生命依然停留在那些被消灭了的红色人种那里。"

沃尔特·塞耶斯和梅尔维尔·斯托纳的精神占据了罗莎琳德的心智。她能感觉到。仿佛他们就在她身边，在果园里，坐在她身旁的草地上。她非常确定的是，梅尔维尔·斯托纳回到家里之后，现在就坐在能听见她声音的地方，只要她想提高声音叫喊。他们到底想从她身上得到什么呢？她是不是突然同时爱上了这两个人，比自己更年长的两个男人？树枝的阴影在果园地面铺了一层地毯，用某些柔软材料纺织而成的柔软地毯，就算有人走动也不会发出声响。那两个男人似乎正朝她走来，在地毯上前行。斯托纳就在旁边，塞耶斯则是从很远的地方过来的。他的精神正在朝她慢慢逼近。两个男人步调一致，他们怀着男性对生活的知识而来，他们想把这种知识带给罗莎琳德。

她站起来，站在树下发抖。她将自己陷入了怎样的处境！这还会持续多久？她到底要获得怎样的关于生死的知识？她回老家带着一个简单的任务。她爱沃尔特·塞耶斯，想把自己献给他，但在此之前，她觉得有必要回家见见母亲。她以为自己会非常大胆地告诉母亲这一切。她会告诉她，然后接受年长女人的建议。如果母亲理解并同情她，那将会非常美好。如果母亲不理解——至少，罗莎琳德也能够偿还一些旧债，履行某些古老的、难以言说的义务。

那两个男人——他们想从她那里得到什么呢？梅尔维尔·斯托纳和这件事又有什么关系？她把他从自己脑中赶走。但沃尔特·塞耶斯的形象更不带攻击性，更少自负。她想和这个形象待在一起。

她把手放在那棵老苹果树上,脸贴着粗糙的树皮。她觉得心情如此紧张又如此兴奋,想要把脸贴在树皮上磨蹭,直到磨出血来,直到身体的疼痛让她体内已经变为痛苦的紧张感消磨下去。

因为果园和街道尽头之间是玉米地,她不得不沿着一条小路往回走,从铁丝网底下爬过去,穿过那个养鸡的寡妇家的院子。深沉的寂静笼罩果园,当她爬过铁丝网来到寡妇后院,她必须用手摸索着木板,从鸡舍和谷仓之间的狭小通道之间穿过去。

母亲坐在前廊等她,而在隔壁的那座房子里,梅尔维尔·斯托纳坐在自己窄窄的门廊上。她匆匆回家时瞥见他了,不由得微微颤抖。"他多像一只黑色秃鹫啊!他靠死人为生,靠死去的美的景象、死去的深夜里的声音为生。"当她回到韦斯科特家,她把自己摔在前廊地面,躺在地上,双臂在头顶张开。母亲坐在她身旁的摇椅上。小街尽头的拐角有盏路灯,些许光线透过树枝照亮母亲的脸,多么苍白、凝滞且死气沉沉的面孔。当罗莎琳德看着母亲,她又闭上了眼睛。"我做不到,我没有勇气。"她想。

她不用急着说出她打算说的那些话。还要两个小时她父亲才会回来。对面房子里传出一阵喧嚣,打破了乡间小街的寂静。两个男孩在房子里跑过一间间房间,玩着什么游戏,他们摔门、大喊。一个婴儿开始哭泣,然后一个女人也发出抗议。"安静点,安静点!"她喊道,"没看你们都把孩子吵醒了吗?我又得花好大工夫把他哄睡着了。"

罗莎琳德的手指弯折起来,双手紧紧握着。"我回家是想跟你说些事。我爱上了一个男人,但没法和他结婚。他比我大很多岁,而且已婚,有两个孩子。我爱他,我觉得他也爱我——我知道他爱我。我想让他拥有我。我回家是想让你知道这件事,在它发生之前。"她用低沉但清晰的声音说道。她想知道斯托纳会不会也能听见这段宣言。

什么也没发生。罗莎琳德母亲坐的椅子前后摇晃着,发出轻轻的嘎吱声。嘎吱声一直持续。街对面房子里的婴儿不哭了。罗莎琳德把从芝加哥回来要跟母亲说的话一股脑儿说了,她感到轻松,甚至有点高兴。两个女人之间的沉默绵延不绝。罗莎琳德的思绪飘到了别的地方。也许母亲会对她说些什么。也许她会受到责备。也许母亲什么也不会说,只是等父亲回家然后告诉他这件事。她或许会被父母谴责为心术不正的女人,或许他们会逼她离开这个家。那也没关系吧。

罗莎琳德等待着。像沃尔特·塞耶斯坐在花园里的时候一样,她的心思也漫游到远处,离开了自己的躯体。她的心离开了眼前的母亲,来到她所爱的男人身边。

有天晚上,就像这一天晚上一样的宁静夏夜,她和沃尔特·塞耶斯一起去了乡下。在那天之前,在许多夜晚,在办公室的漫长时光里,他已经对她说过许多话。他发现她是个可以听他说话的人,也是他想要交谈的对象。他为她打开了怎样的生活之门!他们不停地交谈。在她面前,这个男人能够放松,他身体已经习惯了的紧绷也能够松懈下来。他告诉她,自己曾经想当一位歌手但不得不放弃这个念头。"这不是我妻子的错,也不是孩子的错,"他说,"他们没有我也可以活得很好。我是一个失败的人,我一开始就注定要做失败的人,所以我需要一些能够依赖的东西,能够让我的失败变得合理的东西。我现在才意识到这一点。我无法独立生活。我现在不再试着唱歌了,因为我知道自己至少有一项长处。我懂得失败的意思。我能接受失败。"

沃尔特·塞耶斯曾对她说过这些。后来在乡间,那个夏夜,他们一起待在车里,她坐在他身旁,他忽然开始歌唱。他打开一个农场大门,静静地把车开进一条长满青草的小路,然后进入一片草原。车灯熄灭了,汽车缓缓前进。停车后,几只牛走了过来,站在旁边。

接着,他开始唱了。一开始声音很轻,后来随着他不断地重复这首歌,歌声越来越响亮。罗莎琳德觉得太幸福了,她想大叫。"是因为我的存在,他现在开始了歌唱。"她骄傲地想。在这一刻,她是这样强烈地爱着这个男人,然而她感受到的心情或许并不是爱,那也包含着骄傲。对她而言,这是胜利的时刻。他从一个黑暗之地向她慢慢靠近,从那个失败的幽暗洞穴中爬出来。是因为她伸出手,他才有了勇气。

她躺在母亲脚下,躺在韦斯科特家的前廊,努力想弄明白,想弄清楚自己头脑中的想法。她刚刚告诉母亲她想把自己交给那个男人,沃尔特·塞耶斯。说完这话,她就立刻开始怀疑,自己是否真心这么想。她和母亲都是女人,母亲会对她说些什么呢?母亲们会对女儿们说些什么样的话?生活中的男性角色——到底想要什么呢?她自己也没有完全明白自己的渴望和冲动。也许她在生活中渴望的东西可以通过和另一个女人交往得到,比如和她的母亲。如果母亲们会突然对女儿们歌唱——假如真的有古老的属于女性的歌从黑暗寂静中喷涌而出——那将是多么奇异而美妙的事情啊。

男人们却让罗莎琳德困惑,而且向来如此。在那个晚上,许多年来她父亲头一次真正地打量她。当她坐在门廊上,他一度停在她面前,仿佛有什么东西从他目光中涌现。衰老的双眼中蹿起火焰,正如沃尔特双眼中的火焰。那火焰是不是要把她烧光？女人的命运，是不是就是被男人耗尽，一如男人的命运就是被女人磨光？

一个小时之前在果园里，她分明感到梅尔维尔·斯托纳和沃尔特·塞耶斯同时向她靠近，从树木深沉阴影织成的柔软地毯上悄悄走来。

现在他们又来了。他们在思想中离她越来越近，迫近她内在的真相。威洛斯普林斯小镇和它的街道被一层寂静笼罩。这是死亡的寂静吗？她的母亲是不是也已经死去？此时坐在她身旁椅子里的母亲，是否只是一件死物？

摇椅发出的轻微嘎吱声还在不停持续。灵魂围绕着同一位女性的那两个男人之中，梅尔维尔·斯托纳的灵魂是勇敢而机敏的。他离她太近了，太了解她了。他一点也不害怕。沃尔特·塞耶斯的灵魂则是宽厚的。他十分温柔，是一位善解人意的男子。而她害怕起斯托纳来，他离她如此之近，知道太多她生活中黑暗、愚蠢的部分。她转过身去，望向黑暗中的斯托纳家，想起了她的少女时代。他住得离她太近。曾照亮她母亲面庞的遥远街灯的暗淡光线蔓延渗出树木的枝杈，洒在灌木上方，她能看见昏暗的梅尔维尔·斯托纳的身影坐在他自己的房子前方。她有时希望摧毁他，消灭他，让他不再存活于世。他等待着。当她母亲上床睡觉，而她也上楼去了自己房间,躺在床上睡不着时,他就会开始入侵她的隐私。父亲会回家,拖着脚步走过走廊。他会走进韦斯科特家,去到后门,装满一桶水,拎进屋里,放在厨房水池旁边的箱子里。然后他——

罗莎琳德不安地辗转反侧。梅尔维尔·斯托纳身影显示的生活图景已经完全占据了她的脑子,把她紧紧箍住。她没法逃脱。他会走进她房间,侵入她这些秘密的思想。她无处可逃。她想象着他嘲讽的笑声在整座寂静的房子里回响,这笑声升高,凌驾于日常生活的平凡声响之上。她不希望这一幕发生。梅尔维尔·斯托纳的突然死亡将会带来甜蜜的宁静。她希望自己能去毁掉他,毁掉所有的男人。她希望母亲能和她更亲近些,那样就能使她免于接近男人了。显然,在今夜结束之前,她母亲将会说点什么,说些生动又有道理的话。

罗莎琳德把斯托纳的形象从脑子里赶走了。仿佛她已经从自己房间的床上起来,手挽着那男人的胳膊,带他到房间门口,把他扔到房间外面,把门关紧。

她的思绪在捉弄她。梅尔维尔·斯托纳刚离去,沃尔特·塞耶斯就走进来了。在想象中她又和斯托纳在那个夏夜的草地里,他们一起坐在他车里,他在唱歌。有柔软宽大的鼻子、呼吸散发青草甜香的牛,在不远处聚成一团。

罗莎琳德的脑海中开始涌起甜蜜。她休息，等待，等着母亲开口。在她面前，沃尔特·塞耶斯打破了他长久的沉默，很快，这母女之间过去的沉默也会被打破的。

因为她的出现，不愿意唱歌的歌手又开始唱歌了。歌声是生命真确的音符，是生命克服死亡的胜利。

塞耶斯开口唱歌的时候，她获得了多么甜蜜的安慰！生命的活力是怎样穿流过她的身躯！她忽然间变得如此有生机！就是在那一刻，她终于坚定地决定，她要离这个男人更近，要与他体验身体的最高亲密——在身体的表达中，从他身上寻求某些他也希望从她身上寻求的东西。

在用身体来表达爱意的过程中，她将找到生命的白色奇迹，当她还是个笨拙无知的女孩时，她就曾在果园草地上梦想过的那种奇迹。凭借这位歌手的身体，她会靠近并触摸那白色的奇迹。"为了这种机会，我愿意牺牲其他一切东西。"她想。

夏夜变得多么安宁静谧，她多么清晰地理解了生命！沃尔特·塞耶斯在田野里，在牛群面前唱过的歌，是她所不明白的语言，然而现在她明白了一切，甚至是那些陌生的外国词句的含义。

那首歌唱的是生与死。除此之外，还有什么值得歌唱？对歌曲意义的突然领悟，并非由于她自己的思想，是沃尔特的灵魂在向她走近。它把梅尔维尔·斯托纳善于嘲讽的灵魂推开了。塞耶斯的思想已经彻底浸透了她的思想，唤醒了她体内的那个女人。此刻这灵魂正向她诉说这首歌的故事。歌词仿佛飘荡在艾奥瓦小城的寂静街道之上。歌词描述的是太阳从城市的烟云中降落，还有湖边飞来的沙鸥在城市上空徘徊。

现在沙鸥在一条河上飞翔。河水的颜色是绿玛瑙色。她，罗莎琳德·韦斯科特，站在市中心的桥上，已经完全相信了生活的肮脏与丑陋。她准备跳入河中，想用摧毁的方式让自己重新干净。

那并不重要。鸟群发出奇异的尖厉叫声。那叫声很像梅尔维尔·斯托纳。它们在上空盘旋、转弯。再过一刻，她就要投河，接着鸟群会径直下坠，划出长长的优雅线条。她的身体会隐没不见，被流水冲走，渐渐腐烂，但她体内真正焕发活力的东西将会和鸟儿一同升起，并在它们上升的飞行中划出长长的优雅线条。

门廊上，罗莎琳德在母亲脚边紧张而静止地躺着。在这炎热的沉睡中的小城上空，在所有的城镇土地深处被埋藏的地方，生命继续歌唱，持续不断地歌唱。生命的歌存在于蜜蜂的哼鸣，雨蛙的鸣叫，还有船上滚动棉花捆的黑人的嗓音里。

这首歌是一个命令。它一遍又一遍讲述着生与死的故事——生命永远被死亡战胜，和死亡永远被生命战胜的故事。

*　　*　　*

罗莎琳德母亲长时间的沉默终于被打破了。罗莎琳德试着远离那首在自己体内开始歌唱的歌曲的灵魂——

城市上空，太阳沉入西方的天空——

> 生命被死亡战胜，
> 死亡被生命战胜。

工厂烟囱变成了光束——

> 生命被死亡战胜，
> 死亡被生命战胜。

罗莎琳德母亲坐的摇椅不断嘎吱嘎吱地响着。她发白的嘴唇断断续续说着什么。韦斯科特妈妈的人生考验来临了。她总是被战胜。现在，她必须以女儿罗莎琳德的生命，这出自她自己身体的生命来取胜。她必须向罗莎琳德说清一切女人的命运。年轻姑娘总是在幻想、期待和信仰中成熟。这是个阴谋。男人说话、写书、歌唱，为了一种被他们称作爱的东西。年轻女孩确信无疑。她们嫁给男人，或者没结婚就和男人进入亲密关系。在新婚之夜会有一场粗暴的袭击，然后她们必须努力拯救自己。她退入自身之中，越来越深地固守于内心。韦斯科特妈妈一生都躲在自己的房子里，躲在这座房子的厨房里。一年年过去，孩子降生，她的男人对她的要求越来越少了。新的麻烦来了。女儿将要进入同样的经历，体验那毁掉了母亲生命的历程。

她曾多么为罗莎琳德骄傲，她踏入了外面的世界，走出了自己的路。她的打扮有特别的风格，她走起路来也有特别的气氛。她是骄傲的、昂首挺立的、获胜的生命。她并不非得需要男人。

"上帝啊，罗莎琳德，别这么做，千万别。"她一遍遍低声说道。

她一直多么希望罗莎琳德能干净、清白！她自己也曾是一个女孩，骄傲，昂首挺立。有谁会认为，她期盼着自己成为韦斯科特太太，发胖、沉重而衰老？她婚后始终住在自己的房子里，待在厨房里，但她以自己的方式观察，见证着女人们的生活。她男人知道怎么赚钱,让她吃穿舒适。他是个迟缓、安静的男人,但他有自己的优点,不比威洛斯普林斯任何一个男人差。男人们为钱干活,大吃大喝,然后晚上回家见他们娶来的女人们。

在结婚前,韦斯科特妈妈曾是农民的女儿。她见过野兽间的行为,见过那些男人怎么追求女人。其中有某种蛮横的坚持不懈和冷酷。生命就是那样延续的。她自己的婚姻时光是晦暗、糟糕的。她为什么想嫁人?她试着跟罗莎琳德讲明白。"我在镇上的主街上见过他。有个星期六晚上我和父亲一起来小镇,两星期后,我又在乡下一个舞会上遇见他了。"她说。她说话的口气,仿佛一个人跑了很远的路,想要传达什么重要、紧急的消息。"他要我嫁给他,然后我那么做了。他要我嫁给他,我就那么做了。"

她不能想象一些超出她婚姻范围的事。女儿会不会觉得,对于男人和女人的关系,她根本没什么重要的东西可说?她婚后所有的生活就是待在丈夫的房子里,像动物那样干活,洗脏衣服、脏盘子,下厨做饭。

她思索着,这么多年来她都在思索。

她想,生命中有个可怕的谎言,整个生命的真相都是谎言。

她把这件事里里外外都想过了。在什么地方总有个世界，和她居住的世界完全不同。那是一个天堂般的所在，没有婚姻，没有婚姻的那种付出，是一个无性的、宁静无风的地方，人类都栖居在某种幸福中。因为一些不明的原因，人类被抛出那个地方，被扔在尘世里。这是对不可宽恕的罪，对性之罪恶的惩罚。

这种罪恶她身上有，她嫁的男人身上也有。她当时确实想结婚。不然为什么这么做？男人和女人犯下了摧毁了他们自身的罪，为此受到惩罚。除了少数一些圣洁之人，没有男人和女人能从中逃脱。

她这是怎样一番思想！她刚结婚不久，每次当男人从她那里得到他想要的东西之后，他就会沉沉睡去，但她没睡。她翻下床去，走到窗边看星星。星星静默无语。月亮在天空移动，其步伐多么缓慢从容。星星没有罪过。它们从不爱抚彼此。每颗星星都和其他星星隔离开来，是神圣、不容侵扰之物。但在大地上，在星空下面，一切都是败坏的，那些树、花、青草、田野里的兽，还有男人和女人。它们全都很败坏。它们只是在片刻活着，然后很快堕入尘泥。她自己就在渐渐腐烂。生命是谎言。生命通过被称作"爱"的谎言延续。真相是，生命本身就来自罪恶，也只能通过罪恶得到繁衍。

"并不存在什么爱。这个词就是谎话。你跟我说的这个男人想要你,只是为了罪恶的目的。"她说着,猛地站起来走进屋里。

罗莎琳德听见她在黑暗中走来走去。她走到纱门前站着,看她女儿在门廊上心事重重地躺着等待。反对的情绪如此浓烈,她甚至快要窒息了。对女儿来说,站在自己身后黑暗里的母亲仿佛变成了一只大蜘蛛,挣扎着把她拉入某种黑暗之网。

"男人只会伤害女人,"她说,"他们无可避免地伤害女人。因为他们天生就是那样。他们所说的'爱'这东西根本不存在。是骗人的。"

"生活是肮脏的。女人让男人碰自己,就会变脏。"韦斯科特妈妈简直是大叫着说出了这些话。这些话似乎是从她身上掉落,从她的内心深处发出。说完这些,她就转身退入黑暗,罗莎琳德听见她慢慢走上二楼卧室的楼梯。她以半抽噎的方式哭泣着,是那种年老的胖妇人的哭声。踏上阶梯的沉重脚步忽然停下了,出现一段沉寂。韦斯科特妈妈并没有说出她脑中的真实想法。她原本想得很清楚,知道要跟女儿说什么。为什么她没说出口?她体内的反对情绪并没有满足。"根本没有爱，生命是谎言。那只会通向犯罪，通向死亡和腐烂。"她对着黑暗喊叫。

在罗莎琳德那里，一种古怪的，几乎是神秘的事情发生了。母亲的形象离开了她的思绪，她再次回到了少女时代的幻想里，她和其他女孩一起去拜访一个将要结婚的朋友。她和大家一起站在房间里，白裙子摊在床上。她的一位女伴，一位纤瘦、平胸的女孩在床边跪了下来。一阵哭声。是这个女孩发出的，还是韦斯科特家里那个衰老、疲倦、被打败的女人发出的？"别那么做。哦！罗莎琳德，别那么做。"一个声音夹杂着抽泣声恳求道。

韦斯科特家变得沉寂，像外面的街道，像罗莎琳德凝视的满布星辰的夜空。她体内的紧张消散了，她再次试图思考。好像有什么东西在不断寻找平衡，前后来回摇摆。只是她的心在跳动吗？她的头脑清醒过来。

沃尔特·塞耶斯唱出的那首歌还在她体内唱着——

生命征服死亡，
死亡征服生命。

她坐起来，双手捂住面颊。"我回威洛斯普林斯，只是想考验一下自己。那就是生和死的考验吗?"她问自己。母亲已经上楼去了,进入了二楼黑暗的卧室。

罗莎琳德体内的歌仍在继续——

生命征服死亡,

死亡征服生命。

这首歌是不是男人的把戏,是不是男人召唤女人的谎言,就像母亲说的那样?但它听上去不像谎言。这首歌是从沃尔特口中唱出的,但她离开了他,回到她母亲身边。接着是梅尔维尔·斯托纳,另一个男人来到她身边。他也在唱着生与死之歌。当一个人心中不再唱这首歌,是否就意味着死之将至?死亡,是否是一种否定?她心中唱着这首歌。多么让人困惑!

发出最后一声叫喊之后,韦斯科特妈妈哭着走上楼去,回了她自己房间,爬到床上。过了一会儿,罗莎琳德也跟着回去了。她没脱衣服就重重地摔进床铺。两个女人都在等待。在外面的漆黑世界,梅尔维尔·斯托纳坐在自己的房子前面,这个男人知道这对母女间发生的一切。罗莎琳德想到了城里工厂附近那条小河上的桥,想到了河流上方高空飞翔着的沙鸥。

她希望自己就站在桥上。"现在跳进河里,应该会很美好吧。"她想。她想象自己飞快地坠落,而鸟儿们坠落得更加迅速。它们猛冲下来,将要拾起她准备抛下的生命,迅疾优美地向下飞行。那就是沃尔特那首歌所诉说的。

* * *

亨利·韦斯科特从伊曼纽尔·威尔逊的五金店回来了。他踏着重重的步子走进房子,走向后门和水泵。水泵开动时发出一阵低缓的嘎吱声。接着他又进了屋,把水桶放在厨房水池边的箱子里。有一点水溅出来。轻轻的拍打声——像是小孩光脚踩在地上……

罗莎琳德起来了。她身上死寂、冰冷的疲惫褪去了。曾有冰冷的、死亡的手在抓她,现在它们都松开了。她的行李在柜子里,但她忘了。她很快脱掉鞋子,用手拎着,穿着长袜走进客厅。父亲步伐沉重地走上楼梯,经过她身边时,她屏住呼吸,紧靠着墙站在走廊里。

她的头脑忽然变得多么机敏警觉!有一辆向东开往芝加哥的列车,凌晨两点经过威洛斯普林斯。她不等了。她要往东走8英里去下一个小镇。她能借机离开这小镇。她也能因此有些事干。"我必须现在动身。"她这样想着,跑下楼去,悄悄地离开了房子。

她从人行道旁的草地走到梅尔维尔·斯托纳的门口。他从楼上下来见她。他嘲讽地笑了。"我本来幻想也许在今夜过完之前,我还有机会和你一起散步呢。"他鞠躬说道。罗莎琳德不知道她和母亲之前的谈话被他听去了多少。这倒没事。他知道韦斯科特妈妈说了什么,知道她所能说的一切,以及罗莎琳德会说或者会理解的一切。这个念头让罗莎琳德高兴极了。是梅尔维尔·斯托纳把威洛斯普林斯这个小镇从死亡的阴影下救了起来。言语已是多余。她和他建立了超乎语言和激情的关系——这是共同活着,共同度过生命的默契。

他们默默地走向小镇边缘,斯托纳忽然伸出手来。"你会和我一起走吗?"她问。但他摇摇头笑了。"不,"他说,"我会待在这里。我已经在很久之前错过了离家远行的时机。我会在这里待到死。在这里,和我的各种想法待在一起。"

他转身离开,走进街上最后一盏街灯投下的光圈之外的黑暗里,那条街此时已经延伸为通向东边下一个小镇的乡村小路。罗莎琳德伫立着看他离去,他长长的宽阔步伐里有什么东西再次让她想起一只巨鸟的形象。"他,就像芝加哥的河上飞来飞去的沙鸥,"她想,"他的灵魂飞翔在威洛斯普林斯镇上空。当生命中的死亡气息降临到这里的人身上,他就会飞扑下来,用他的思想,叼出他们身上的美丽。"

她起先沿着玉米地中间的小路慢慢地走。夜晚是广阔的静谧之地,能让她安宁行走。微风在玉米叶尖上发出窸窣,但没听见什么可怕的人类声响,那些肉体上活着但精神已经死去的人的声响,他们接受了死亡,也只相信死亡。玉米叶相互摩挲,发出低沉甜美的声音,仿佛有什么生命正在出生,衰老、死去的肉体生命正被剔除,抛弃。也许,新生命正在进入土地。

罗莎琳德开始跑起来了。她抛开了小镇,父亲和母亲,就像一个跑步者抛下一件沉重又多余的衣服那样。她希望自己也能扔掉挡在自己的仪表和身体之间的那些衣装。她盼望变得赤裸,获得新生。离小镇 2 英里远的地方,有座小桥横跨威洛溪。小河现在空而干涸,但她在黑夜里想象河床盈满河水,急速流动的河水,绿玛瑙色的河水。她飞快跑了一阵,现在她停了下来,站在桥上短促地小口喘着气。

过了一会儿,她又开始前进了,走到呼吸平静下来,就又开始了奔跑。她全身感应着强烈的生机。她没问自己到底要去干什么;没去想她盼着回威洛斯普林斯让母亲告诉她如何解决的问题,到底该如何解决。她只是跑啊跑。她眼前尘土翻飞的小路绵延不断地引领她离开黑暗。她向前跑去,总是跑向一束昏暗的光线。黑暗在面前铺展。奔跑令她快乐,迈出的每一步都让她体会到新鲜的逃离感。一种甘美的思绪浮现在她脑中。她一边跑,一边就感到前方的光线愈发清晰了。她想,就仿佛是黑暗在她面前感到害怕,然后跳到了一边,为她让道。一股勇往直前的热情。她把她自己变成了某种自身能发出光线的生命。她就是光的创造者。她一旦靠近,黑暗就畏缩地逃向远处。抱着这种想法,她发现自己不需要歇息也能一直跑下去了,她甚至渴望能永远跑下去,穿过土地,穿过许多城镇,用自己的存在驱散黑暗。

吹小号的人

我已经尽我所能地说清了。我和他们在一个房间里。

他们有和我一样的口音,还有相似的头发和眼睛。

我从椅子里起身,尽我所能地把它们说得明确。

他们的目光闪烁不定。他们丢失了某些东西。假如我足够白皙、强壮、年轻,我大概会穿墙而过,走进无数个日夜,走进草原和远方——来到上帝住所的门阶旁,牵着他们的手走向上帝的王座室。

我想说的是——

通过上帝,我让他们的思想逃离他们的身体。

他们的思想从他们身上逸出,比任何东西都要更清晰、确凿。

我说,他们该为自己的生命建造圣殿。

我朝街道上浮动的众多脸孔抛出我的词语。

我抛出词语,就像石头,用来筑房的石头。

我把词语撒在小巷里,就像种子。

夜里我悄然潜行,把词语投进沿街的空房间。

我说,生活就是生活,街道上、城市里的居民该为他们的灵魂建造圣殿。

夜里我对着电话机低声诉说。

我告诉我的人民,生活是甜蜜的,人应该生活下去。

我说,应该建起成千上万的圣殿,门阶也应该打扫干净。

我朝他们正在逃离的、苦恼的思想投出一颗石头。

我说,他们真该为他们自己建造圣殿。

一本书打开一个世界

欢迎订购、合作

订购电话：0571-85153371

服务热线：0571-85152727

KEY-可以文化

浙江文艺出版社

天猫旗舰店

关注 KEY-可以文化、浙江文艺出版社公众号，
及浙江文艺出版社天猫旗舰店，随时获取最新图书资讯，
享受最优购书福利以及意想不到的作家惊喜